Robert Habeck · Andrea Paluch
Bevor du mit dem Teufel tanzt

Robert Habeck
geboren 1969, studierte Germanistik und Philosophie u.a.
in Freiburg und Hamburg. Er promovierte mit einer Arbeit
zur literarischen Ästhetik und war einige Zeit als Dozent
tätig. Zusammen mit seiner Frau Andrea Paluch schreibt er
Romane, Kinderbücher und Hörspiele.

Andrea Paluch
geboren 1970, studierte Anglistik und Germanistik und promovierte über die zeitgenössische Lyrik Großbritanniens. Sie
arbeitet als freie Schriftstellerin und lebt mit ihrem Mann
und vier Söhnen an der dänischen Grenze.

www.paluch-habeck.de

Bei Sauerländer erschienen von Robert Habeck und Andrea
Paluch bereits die Jugendromane *Zwei Wege in den Sommer*
(Deutscher Jugendliteraturpreis, Auswahlliste), *Unter dem
Gully liegt das Meer* sowie *SommerGig*.

Robert Habeck · Andrea Paluch

Bevor du
mit dem Teufel tanzt

Sauerländer **XXS**

Die Deutsche Nationalbibliothek verzeichnet diese
Publikation in der Deutschen Nationalbibliografie;
detaillierte bibliografische Daten sind im Internet
über http://dnb.d-nb.de abrufbar.

© 2009 Patmos Verlag GmbH & Co.KG
Sauerländer Verlag, Düsseldorf
Alle Rechte vorbehalten
Umschlaggestaltung: INIT, Büro für Gestaltung, Bielefeld
Umschlagfoto: Jupito Images
Printed in Germany
ISBN: 978-3-7941-7078-4
www.sauerlaender.de

und untergegangen ist der mond mit den pleiaden
versunken mitten im dunkeln
aus der schale der nacht rinnt die zeit und nur ich
ich schlafe allein

Sappho*

* übertragen von Raoul Schrott in: Raoul Schrott, *Die Erfindung der Poesie. Gedichte aus den ersten viertausend Jahren,* München: dtv 2003, S. 115, XIII

‹ **1. Kapitel** ›

Also Griechenland gibt es im Grunde gar nicht. Es heißt nur so. Es besteht nämlich in erster Linie aus Wasser und müsste folglich Griechenwasser heißen. Und Santorin, eine Insel mitten im Meer, auf die es mich und meine Eltern verschlagen hat, dürfte es eigentlich auch gar nicht mehr geben. Vor 3500 Jahren nämlich hat ein Vulkan versucht, die Insel in die Luft zu sprengen. Er hat es nicht ganz geschafft. Aber der Mittelpunkt ist ein riesiges Loch, das die Stelle bezeichnet, an der der Vulkan abgesoffen ist. Santorin, das ist mal klar, hat das Spannendste also bereits hinter sich. 3500 Jahre hinter sich. Und beides zusammen, spannende Vergangenheit und Wasser überall, hat mir die ödesten Ferien seit dem Vulkanausbruch beschert. Okay, der Strand ist heiß von der Sonne, und das Meer ist salzig und flimmert in der Hitze, okay, die weißen Häuser vor dem Insel-Ocker sehen witzig aus, so als hätte jemand eine Zuckerdose umgestoßen. Aber unter dem Strich ist die Insel staubtrocken. Immer baden und cool in der Sonne liegen wird irgendwann auch ganz schön anstrengend. Und um sich vielleicht schon mal mittags ein Bier reinzuziehen, was alles erträglicher machen würde, sind meine

Eltern zu spießig. Na ja, spießig sind sie eigentlich nicht. Sind eher so normale Eltern, die mit mir hierher gefahren sind, um mir zu versüßen, dass ich nächstes Jahr Griechisch in der Schule bekomme. Eltern eben, die ihrem Sohnemann schon etwas Freiheit zugestehen, also zum Beispiel mädchentechnisch, aber eben das ist ja das Problem. Wer will schon was mit einem Mädchen anfangen, nur weil seine Eltern ganz scharf darauf sind, dass ihr Sohn in seinen griechischen Ferien möglichst was total Ausgefallenes erlebt? Solche Eltern, die total happy sind, weil in unserem Hotel auch ein Schriftsteller wohnt, von dem meine Mutter sogar schon ein Buch gelesen und den sie neulich in einer Talk-Show gesehen hat und der »ganz toll« war.

Ich weiß gar nicht, was Eltern sich so denken. Ob ihnen ihr Urlaub wirklich besser gefällt, weil sie mit einem fünfzigjährigen, arroganten, eitlen Schreiberling die gleiche Türklinke benutzen? Ob sie wirklich wollen, dass ich morgens an den Frühstückstisch komme, nur ein Handtuch um meine Lenden, mir vier rohe Eier reinziehe, um dann cool zu sagen »Hey, die Kleine kostet echt Kraft …« Eltern sind unfassbar. Jedenfalls musste ich mit ihnen schon in die Santorin-Disco. Ganz offensichtlich schien ihnen das Spaß zu machen, mich zu quälen, indem sie so taten, als würden sie sich amüsieren. Meine Mutter forderte mich zum Tanzen auf! Stellt euch das vor. Voll krass peinlich. Und als ich sagte »Ne, echt nicht«, da tanzte sie mit meinem Vater. Sie tanzte so mit Anfassen, wie Walzer oder Tango. Und okay, Walzer oder Tango soll tanzen, wer will, aber nicht zu *Green Day*. Seinen Eltern beim Tanzen in einer Disco zuzuschauen ist überhaupt der Killer. Geht gar nicht. Und, ja, es gab da auch Mädchen in meinem Alter – Gott, wie sich das anhört, »Mädchen in meinem Alter«, als wär ich mein eigener Zuhälter. »Guten Tag, haben sie auch Mädchen in meinem Alter? Nicht abgehangen, bitte. Und noch zwei Pfund Gehacktes …« – aber da nun auch jede, außer sie war völlig blind, sah, dass die beiden peinlichen Gestalten auf der Tanzfläche meine Eltern waren, war diese Nummer zu Ende, bevor sie angefangen hatte. Ich trank vier oder fünf Lemon-Bier und versuchte mir einzureden, dass ich an den Schwedinnen, Däninnen oder Holländerinnen mit den blonden Haaren, in den abgerissenen Jeans und mit den engen T-Shirts, die jetzt zu *American Idiot* hüpften, nicht interessiert sei, weil ich an Ruth dachte.

Das stimmte zwar. Aber ich dachte darüber nach, wie ich mit ihr Schluss machen konnte. Urlaub auf Santorin mit meinen Eltern, das war nur das eine Problem. Das andere wartete in Deutschland auf meine Rückkehr, war 1,68 groß, hatte krause, braune Haare, spielte Volleyball in der Kreisauswahl und war seit zehn Monaten meine Freundin. Es waren zehn gute

Monate gewesen, von Januar bis Oktober, das ist der ganze Sommer. Dazwischen lagen Radtouren durch Weizenfelder, duftend nach Staub und Reife. Und als wir uns vier, fünf Meter entfernt vom Weg hineinlegten, die Fahrräder am Feldrand versteckt, da waren wir unsichtbar und von der Erde verschluckt. Und Ruths Haut, als ich sie küsste, roch irgendwie nach frisch gebackenem Brot. Dazwischen lagen Sommernächte, in denen wir über den Zaun des Freibades kletterten, auf dem Rückweg von einer Party, und unabgekühlt in das schwarze Poolwasser sprangen, nur in Unterhose, auch Ruth. Und als ich zu ihr schwamm und sie umarmte, drückte ihr nackter Busen kalt auf meine Brust. Das fiel besonders auf, weil der Busen ja sonst immer warm ist. Und irgendwann war Thema zwischen uns, dass wir miteinander schlafen wollten. Ruth hatte damit angefangen. Es war die ganze Zeit über natürlich klar, dass das irgendwann Sache werden würde, aber von mir aus eben irgendwann. Ich kann es nicht genau erklären. Ruth ist echt ein besonderes Mädchen. Sie hat so eine etwas harsche Art, sagt einem, was sie denkt und so. Ich kann ganz schön lange um den heißen Brei herumreden. Also über Liebe und Gefühle zum Beispiel. Ich kann den Unterschied zwischen Liebe und Verliebtsein erklären.

»Liebe, das ist etwas, das keine Beweise braucht. Das ist stetig. Das ist eher Geborgenheit und zu wissen, dass man sich immer aufeinander verlassen kann. Verliebtsein, das ist aufregend, das ist, an dem anderen immer Neues zu entdecken, sich nie wirklich sicher sein zu können, dass er auch morgen noch da ist, das ist das Verlangen, den anderen zu überraschen und sich immer Neues, Spannendes einfallen zu lassen. Verliebtsein ist eigentlich cooler.«

»Also willst du nicht mit mir schlafen«, war ihre Antwort. So ist Ruth. Irgendwie macht sie mir Angst. Und so, wie sie es darstellt, ist es auch falsch. Natürlich will ich mit ihr schlafen. Welcher Junge wollte das nicht. Aber ich, ich weiß nicht, wie ich es sagen soll, es ist vielleicht genau ihre Art, weshalb ich denke, lieber nicht. Oder: Lieber nicht mit Ruth. Was ist, wenn sie danach sagt: »Das war jetzt aber nichts!« Oder wenn sie lacht. Oder wenn sie gar nichts sagt.

Und wenn ich also denke, dass Ruth nicht die richtige Freundin ist, um mit ihr zu schlafen, dann muss ich doch eigentlich auch denken, dass sie überhaupt nicht die richtige Freundin ist.

Auf diesem Gedanken kaue ich jetzt schon den ganzen Vormittag rum. Ich liege am Strand, lasse den schwarzen Sand durch meine geschlossene Faust auf meinen Unterarm rinnen und sehe zu, wie sich hinter den kleinen Härchen schwarzen Minidünen bilden. Im Meer baden die Däninnen und Schwedinnen aus der Disco in neonfarbenen Bikinis. Sie beachten mich nicht. Die Fähre von Piräus bringt neue Urlauber. Schlechte Laune.

Meine Eltern machen einen Ausflug zum Kraterrand des ehemaligen Vulkans, um von dort einen Küstenweg entlang zur nächsten weißen Stadt zu wandern. Ich kann mir fast kein besseres Symbol für einen langweiligen Urlaub denken, als den Kraterrand eines ehemaligen Vulkans entlangzugehen. Ich mein, wo ist der Kitzel? Wenn man alles anschauen wollte, was ehemals irgendwas war, dann könnte man auf jedem Meter stehen bleiben und rufen: »Oh, hier ist sicher mal ein Dino langgestapft. Hier, hier muss einmal ein Ritter gepinkelt haben. Und hier, an genau diesen Baum, hat ein Nazi einmal sein Gewehr gelehnt.« Irgendwie ähnlich aufregend, wie sich zu freuen, mit einem Schriftsteller für vierzehn Tage die gleiche Anschrift zu teilen.

Statt also der Vergangenheit hinterherzuhecheln, lasse ich mich ganz auf die Gegenwart ein. Der Sand ist schwarz auf Santorin und die Sonne lädt ihn mit Hitze auf. Die Brandung geht hoch an diesem Tag. Die Wellen sind bestimmt zwei Meter hoch; wenn man bei ablaufendem Wasser vom Grund des Meeres misst, sicher eher drei. Ihr gleichmäßiges Schlagen gegen die Insel ist wie ein Puls. Und an ihm messe ich meinen und kann zählen, wie er schneller wird.

Ich spüre mit dem älter werdenden Tag, wie mein Körper gedünstet wird. Sorgsam achte ich darauf, dass keine Hautstelle den Sand berührt, der so heiß ist, dass man sich vorstellen kann, wie die Sandmoleküle zu Glas schmelzen. Ich schließe die Augen und bleibe in der Hitze liegen. Ich weiß, dass ich schwitze, aber keine Feuchtigkeit bleibt auf meiner Haut. Dafür sehe ich hinter den geschlossenen Lidern Kreise und Ringe wie eine Disney-Figur, die mit dem Kopf gegen die Wand gelaufen ist. Es fühlt sich an, als wäre ich besoffen. Vermutlich werde ich nun mit achtzig Hautkrebs bekommen. Wahrscheinlich ist das alles wahnsinnig ungesund. Und die Ozonschicht ist längst geschmolzen und für die Menschheit gibt es sowieso keine Rettung mehr. Aber in diesem Moment ist mir das alles egal, die Menschheit und meine Gesundheit. Mir geht es nur um die Hitze und dass sie mich auf eine höhere Bewusstseinsstufe hebt. In diesem Fall eher eine niedere, denn irgendwie nehmen die Kreise vor meinen Augen gerade die Formen eines weiblichen Körpers an. Wie bei einem James-Bond-Film-Trailer.

Als ich mich endlich aufraffe aufzustehen, torkle ich, strauchle und meine Knie geben nach. Ich trete in den Sand und wie ein Stromschlag durchfährt es meinen Körper, meine Muskeln straffen sich und mein Herz findet seinen Schlag wieder. Ich renne zum Wasser, wie im Blindflug. Und nachdem ich meinen Hautkrebs mit der Sonne gefüttert habe, stelle ich jetzt meinen Kreislauf auf die Probe, werfe mich ins Wasser, gegen eine Welle, die mich von den Füßen hebt und rückwärts auf den Boden schlägt. Das Salz des Mittelmeers beißt in meine Augen. Die Brandung schiebt mich über die kleinen Steine des Strandes, dann zieht mich die Widersee zurück und raus ins Meer und die nächste Welle schlägt über mir zusammen. Es ist ein großartiges Gefühl, nichts zu tun, sich der Passivität auszusetzen, die Schläge einzustecken und die aufgeriebene Haut auf dem Rücken und den Hüften zu spüren.

Erst als ich anfange, Wasser zu schlucken, richte ich mich auf und schwimme raus. Unter der Brandung tauche ich weg, nach vielleicht zwanzig Metern heben mich die Wellen nur noch leicht an. Hier ist das Wasser klar. Unter mir ist der Boden hell, nur vereinzelte große Steine stechen durch den Sand. Dies ist der Urgrund der Insel, der Stein, der vor der Lava da war. Und zwischen ihm und mir schwimmen hellblaue Fische. Ich drehe mich auf den Rücken, strecke Arme und Beine aus und lasse mich treiben, bis ich ganz kalt bin, bis mein Körper ganz in dem Gegenteil dessen angekommen ist, was er vor einer halben Stunden am Strand war. Ich sehe meine Finger aufgedunsen vom Wasser, schrumpelig die Haut, blass, wie bei einer Leiche. Ich sehe das große Auge der Sonne, die mich jetzt nicht mehr wärmt. Alles an dieser Insel ist extrem, ist hart, ist feindlich. Mir gefällt sie plötzlich. Und wenn man vom Meer aus auf sie zurückschaut, dann hat man das Gefühl, der einzige Mensch auf der Welt zu sein, ein Gefühl, das einen in den Kern des Selbst führt, dorthin wo die Urängste lauern und die größten Sehnsüchte leben. Und plötzlich habe ich Panik. Es ist keine Angst vor irgendetwas, weder vor der Tiefe noch den Wellen noch den kleinen Fischen unter mir oder den großen Haien draußen, es ist die Angst vor dem Tod. Es ist die Angst, sterben zu müssen. Wie ein Bescheuerter fange ich an zu kraulen. Ich kraule, bis meine Lungen schmerzen. Und dann, als ich den Boden vor aufgewühltem Sand nicht mehr sehe und ich mich hinstelle und die nächste Welle wieder bricht und mich an den Strand spült, weiß ich, dass ich leben will. Und leben wollen heißt, etwas im Leben erleben.

Ich raffe mein Handtuch zusammen und hüpfe auf heißen Steinen zurück zum Hotel. Da ist Ruth wieder in meinem Kopf, die Däninnen und Schwedinnen, als würden sie auf mich warten. Ich traue mich nicht aufzusehen, um nicht sehen zu müssen, dass sie mir nicht nachschauen. Mit gesenktem Kopf renne ich die weiß getünchte Steintreppe zur Terrasse empor und stoße mit dem Kopf in etwas Weiches. Jemand zieht die Luft ein, ein paar Bücher poltern auf den Fußboden.

»Tschuldigung«, sage ich und sehe erst jetzt, mit wem ich zusammengestoßen bin.

»Ist okay«, antwortet der Mann, in den ich gerannt bin. Das ist eine halbwegs coole Antwort. Denn okay ist es natürlich gar nicht. Maximal hat es nicht wehgetan oder so. Hat es ihm vermutlich auch nicht, denn dieser Schriftsteller-Typ joggt jeden Morgen am Strand und schwimmt danach im Pool und sieht ziemlich fit aus. Ich mein, er hat diesen Männerkörper, der etwas schwer ist, breit in den Schultern und so, aber er hat keine Speckrollen am Bauch und man sieht seine Rippen, und sein Bizeps ist größer als meiner. Umso erstaunlicher, dass sein Bauch so weich war. Aber vielleicht ist er mir auch nur so vorgekommen, weil die Steine, über die mich die Brandung geschleift hat, so hart gewesen ist. Der Schriftsteller ist gepflegt unrasiert, sein Bart wird an den Mundwinkeln weiß, seine Haare sind grau und schwarz. Eigentlich sieht er ganz taff aus für einen Schriftsteller.

Ich bücke mich nach dem Buch und lese, als ich es aufhebe, seinen Titel. *Sappho von Lesbos: Strophen und Verse.*

Lesbos, das ist eine Nachbarinsel, kann man so sagen, da bei dem vielen Wasser ringsum alle irgendwie Nachbarn sind.

»Danke. Kennst du es?«, fragt mich der Schriftsteller.
»Gedichte?«, frage ich zurück.
»Schon. Aber was für welche! Sie werden dein Leben verändern …«, sagte er. Und fügte hinzu: »Ich leih es

dir. Leg es einfach vor meine Tür, wenn du damit fertig bist.« Dann klatschte er mir auf die Schulter, was ich auf den Tod nicht abkann. Dieses Schultergeklopfe ist irgendwie altväterlich. Es riecht nach »Mein Junge, du musst noch viel lernen«.

Ich müsste ihn fragen, welche Tür denn seine Tür ist. Aber dazu komme ich nicht. Vor der Rezeption hält gerade eines dieser Inseltaxis, die noch nie was von Rußfilter oder Klimaschutz gehört haben. Zu lauter Blechmusik steigt eine Frau aus, vielleicht ein Mädchen, oder doch besser eine Frau. Man kann es nicht genau sagen. Sie ist offensichtlich älter als ich, aber nicht so viel, wie es auf den ersten Blick aussieht. Auf diesen nämlich, den ersten Blick, sieht sie wunderschön aus. Und auf den zweiten auch. Sie hat dunkle Locken, ist schlank, dabei aber nicht hager, trägt ein rotes Sommerkleid, das ihren Po und ihren Busen betont, und auf der Oberlippe hat sie einen kleinen Leberfleck.

Sie zahlt das Taxi und zieht einen Rollkoffer in die Rezeption. Ich stehe in kurzer Hose mit Badelatschen, einem Handtuch über der Schulter und diesem Lesbos-Buch in der Hand mitten in ihrem Weg. Vermutlich steht auch noch mein Mund offen. Ihr Blick streift mich. Ich mache den Mund schnell wieder zu, wende mich ab, dackel zur Treppe, während sie eincheckt. Aber auf der Treppe trödle ich, bis ich den Rollkoffer über die Stufen poltern höre, und als ich

vor dem Zimmer stehe, höre ich aus dem Treppenhaus, wie sie in das Stockwerk über uns geht.
Ich mache die Tür zu, lehne mich mit dem Rücken dagegen und schmeiße das Buch auf den Nachttisch. Der Gedanke an Ruth ist ganz weit weg.

‹ **2. Kapitel** ›

Ich bin mit Ruth zusammengekommen, als der erste Schnee fiel. Das war zwischen Weihnachten und Neujahr. Michael aus meiner Klasse hatte zu einem Feuerzangbowlen-Abend geladen. Es wurde eine richtige Party.

Wir übergossen den Zuckerkegel mit Alkohol, zündeten ihn an und sahen zu, wie der brennende Zucker in den Topf darunter tropfte. Das blaue Licht, die Gesichter in seinem Flackern, das alles strahlte einen eigenen Zauber aus. Ruth war mit ihrem Freund da. Nein, das stimmt nicht, sie waren nicht zusammen, aber alle wussten, dass Jan gern mit ihr zusammen sein wollte. Sie saßen nebeneinander bei der Feuerzangenbowle und es sah ein bisschen so aus, als hielten sie Händchen. Aber das Geflacker des Lichtes machte es nicht ganz sicher, was man sah. So kann ich auch nicht beschwören, dass Ruth mich schon anblickte, während Jan seine Patschhand auf ihre legte. Es schien mir so. Sie hatte den Kopf vorgebeugt und ich konnte das Zuckerfeuer in ihren Pupillen wie in einem Spiegel sehen. Als wir die Feuerzangenbowle tranken, konnten wir gleich merken, wie der Alkohol in unser Blut eindrang. Ich mein, wir konnten es bei uns merken und bei den anderen sehen. Michael machte Musik an und wir tanzten und beobachteten uns, wie wir strauchelten und unsere Bewegungen ausgelassener wurden und die Gesten, mit denen wir uns im Tanz begrüßten, immer anzüglicher. Es machte Spaß, die anderen zu sehen. Bis ich Ruth und Jan sah, die nun in einer Ecke lehnten und sich küssten. Das machte keinen Spaß. Ich glaube eigentlich nicht, dass ich in Ruth verliebt war. Das war es nicht. Aber ich hatte keine Freundin und plötzlich hatte Jan eine. Und dabei hatte Ruth mich eben noch über den Feuerschein hin angeschaut. Es war, wenn ich ehrlich bin, eher Zerstörungslust als Liebe, die mich tun ließ, was ich tat. Beim nächsten Lied tanzte ich mich in ihre Nähe und tat so, als würde ich gegen Jan geschupst. Das löste schon mal ihre Münder voneinander. Jan sah sich um, ein seliges Lächeln auf seinen Zügen. Als er uns alle tanzen sah und mich in seiner Nähe, vermutlich hielt er mich für seinen Freund, was ich auch war, auf eine Art jedenfalls, ließ er Ruth stehen und begann ebenfalls zu tanzen. Es sollte ihr wohl etwas zeigen, vielleicht Coolness, so was wie: »Hey, ja, wir küssen uns und sind zusammen, aber wenn gute Musik kommt und meine Freunde tanzen, dann muss die Liebe schon mal warten.« Was für ein Idiot! Zwei Lieder später war Ruth nicht mehr zu sehen. Ich ließ noch ein drittes Lied passieren, Jan war inzwischen in eine tänzerische Ekstase verfallen, dann tat ich, als ob ich aufs Klo müsste. Ruth war auch nicht in der Küche, in der die Reste der Feuerzangenbowle aussahen wie altes Kaugummi. Widerlich, dass wir das gerade getrunken hatten. Vor der Terrassentür standen ein paar und rauchten. Ich ging zu ihnen. Die kalte Luft ließ meinen Schweiß sofort gefrieren. Von Michael nahm ich mir die Zigarette und zog kurz daran – eigentlich bin ich nämlich Nichtraucher –, dann wollte ich wieder reingehen. Da sah ich unter einer Laterne einen Schatten, der sich vom Haus wegbewegte.

Das Schwierigste war, das Haus zu verlassen, ohne dass die anderen es merkten. Ich lief den Weg zur Straße hinunter und in die Richtung, in die der Schatten sich bewegt hatte. Meine Schritte musste sie wohl gehört haben, denn als ich sie erreichte, hatte sie sich schon mir zugewandt.

»Ach, du bist es«, sagte sie. Es klang irgendwie enttäuscht.

»Ja, ich«, sagte ich. »Jan will ja grad nicht.«

»Ey, das ist so ein Idiot!«, sagte sie.

»… ist mein Freund«, sagte ich. Es klang gut.

»Dann sag deinem Freund, dass ich nach Hause bin.«

»Hab ich mir gedacht. Ich hab dich gehen sehen. Und also …«

Jetzt legte sie den Kopf schräg.

»Du frierst«, sagte sie.

Ich klapperte mit den Zähnen. Ich mein, ich fror tatsächlich, aber das unterstich ja nur, wie besonders es war, dass ich ihr hinterhergelaufen war.

»Macht nichts«, sagte ich.

»Was willst du eigentlich?«, fragte sie.

»Ich hab gesehen, wie du gegangen bist. Und ich …«

»Du …?«

Jetzt kam es drauf an. Das ist nicht einfach zu fassen, dass es manchmal im Leben um eine Sekunde geht, dass es manchmal Sekunden sind, die alles entscheiden. Jetzt war so eine.

»Ich fänd's total doof, wenn du jetzt gehst«, sagte ich.

»Ah – und warum?«

»Weiß nicht. Vielleicht weil ich vorhin bei der Feuerzangenbowle die Flamme in deinen Augen gesehen habe.«

Was für ein Satz. Druckreif, oder? Volltreffer.

Ruth hob den Kopf an.

»Hat Jan dich geschickt?«, fragte sie.

»Hör mal, ich hab gesehen, dass ihr jetzt zusammen seid. Aber das geht mich nichts an. Niemand hat mich geschickt. Was du mit Jan machst, ich mein, ob du ihn heiratest und ihr jeden Abend Fernsehen guckt und du ihm Schnittchen servierst und so, das geht nur dich und ihn etwas an.«

»Blödmann«, sagte sie und schubste mich weg. Dabei lachte sie.

Und als ich so tat, als würde ich stolpern und hinstürzen, da sprang sie einen halben Schritt nach vorn und wollte mich auffangen. Und da hatte ich auf einmal ihren Arm in meiner Hand und ihre Bewegung war so sehr nach vorn gerichtet, dass ich nur ein kleines bisschen ziehen musste und plötzlich war ihr Gesicht ganz dicht an meinem. Ruth roch nach Seife. Und ein bisschen nach verbranntem Alkohol. Einen Moment zögerten wir beide, dann küssten wir uns. Erst küssten wir uns vorsichtig, dann richtig, so mit halb offenem Mund und aneinanderklackernden Zähnen. Und als wir den Kuss beendet hatten, da sah sie mich an und war kein bisschen überrascht.

Ich konnte spüren, dass das hier gut war, gut und stabil. Und aus dieser Sicherheit heraus setzte ich noch einen drauf und sagte: »Hey, das war so nicht gemeint. Ich mein, ich wollte mich nicht zwischen Jan und dich …«

Sie legte ihren Finger auf die Lippen und machte Zisch. Dann küsste sie mich wieder.

»Jan hat mich stehen lassen und du bist gekommen«, sagte sie.

»Wollen wir wieder reingehen?« Langsam bekam ich Angst, dass mein Blut gefrieren würde. So hätte ich fast meinen ersten Fehler gemacht. Denn klar wollte Ruth nicht wieder reingehen und Jan treffen und erneut beim Tanzen stehen gelassen werden. Nur gut, dass ich es als Frage gesagt hatte. So hörte sie nur das heraus, was sie hören wollte, nicht, was ich gemeint hatte.

»Ich hab auch keine Lust mehr«, sagte sie. »Lass uns gehen.«

»Gehen?«

»Einfach ein Stück.«

»Okay, ich hole nur meine Jacke. Nicht weglaufen. Ich geh nicht tanzen oder so«, sagte ich und rannte los und zurück zum Haus. Erst als ich meine Jacke gefunden hatte und wieder etwas Wärme um mich einschließen konnte, fing ich an zu hüpfen. Ich war mit Ruth zusammen. Ich hatte eine Freundin. In dem Moment war ich zum ersten Mal in sie verliebt. Ich hüpfte hoch, als ich die Haustür zuzog. Und als ich zu Ruth angesprungen kam, lachte sie, so glücklich muss ich ausgesehen haben. Und als wir uns das dritte Mal küssten, achtete ich darauf, dass es unter der Laterne war, damit uns die Raucher vom Haus aus sehen konnten. Und das taten sie und erzählten es Jan und ich hatte am nächsten Tag in der Schule ein eher unangenehmes Gespräch mit ihm. Aber das ist nun mal so. Und ich stellte mich etwas dumm und sagte: »Ach, wusste ich gar nicht, dass du in Ruth verknallt warst.«

»Aber du hast uns doch küssen sehen.«

»Nee, wann?«

»Beim Tanzen. Du hast mich doch angerempelt.«

»Ach, da habt ihr euch geküsst?«

Na ja, so in der Art.

Als wir unter der Laterne standen, sah ich plötzlich

etwas durch die Luft auf uns herabfallen. Es drehte sich dreimal um sich selbst, dann blieb es auf Ruths Haar liegen. Eine Schneeflocke, die wie ein kleiner weißer Stern aussah, eine Sternenflocke, die erste in diesem Winter, genau auf Ruths Kopf. Und dann kamen weitere. Und plötzlich sah die Welt aus, als würde sie zu Staub verfallen, als würde es Asche regnen, als würde sich die Materie auflösen. Und Ruth und ich, wir gingen Hand in Hand aus den Häusern heraus Richtung Wald, und als wir den Feldweg erreichten, da war er schon weiß und unsere Schritte knirschten im Schnee. Ich machte in dieser Nacht noch einen toten Mann im Neuschnee und klopfte mit den Armen und Beinen daraus einen Adler. Einen toten Mann, wie ich es vorhin im Mittelmeer gemacht hatte. Unfassbar, wie weit jene Winternacht, in der ich mit Ruth zusammenkam, schon weg ist.

‹ **3. Kapitel** ›

Die Frau mit dem Sommerkleid sehe ich erst am Morgen beim Frühstück wieder, obwohl ich den ganzen Abend im Hotelrestaurant rumgehangen hab, was kein geringes Opfer war. Denn meine Mutter war total begeistert, als sie den Gedicht-Band auf meinem Nachttisch liegen sah, und als ich erzählte, ich hätte ihn von diesem Schriftsteller, ist sie förmlich ausgeflippt. Sie wusste auch was mit Sappho anzufangen und textete mich den ganzen Abend voll, wie unglaublich erotisch ihre Gedichte seien und dass sie mit einem Haufen von Frauen auf der Insel Lesbos so etwas wie ein Love-in veranstaltet hat, so eine Art Hippie-Frau der Antike also. Nach ihr heißen Frauen, die mit Frauen Sex haben, Lesben. Total abgefahren, seine Mutter über Frauen, die mit Frauen Sex haben, reden zu hören. Und, tja, was soll ich sagen, ich dachte dabei an die Frau aus dem Taxi. Ob das der Schriftsteller meinte, als er sagte, das Buch würde mein Leben verändern? Jedenfalls tauchte sie am Abend nicht mehr auf und ich musste mit den Homo-Geschichten aus der Antike ins Bett.

Und jetzt steht sie am Buffet und schaufelt sich Joghurt über ihr Müsli. Ich stehe auf und gehe zum

Orangensaft. Als sie sich umdreht, trete ich zurück und stoße sie dabei an. Als mein Körper ihren berührt, versuche ich mir das Gefühl, das ich dabei empfinde, genau zu merken. Aber vor allen Dingen empfinde ich, wie es mir kalt in die Hose läuft. Denn bei meinem Rempler ist ihre Milch übergeschwappt, und zwar genau auf meine Shorts.

»Pass doch …« – »… auf«, will sie sagen. Aber sie merkt wohl, dass ich der Bekleckerte bin. Und jetzt sagt sie: »Tschuldigung«, wie ich bei dem Schriftsteller gestern. Und deshalb antworte ich: »Ist okay«, und füge »schön frisch am Po« hinzu. Sie grinst. Ein freches Grinsen in einem Gesicht völlig ohne Sommersprossen. Als ob sich alle Pigmente in dem Flecken auf ihrer Oberlippe zusammengezogen haben. Oberlippenleberflecke sind so was von cool. Cindy Crawford hat einen und Sheryl Crow und so.

Ihre Haare sind so schwarz, dass ich mich frage, ob sie gefärbt sind.

»Eiweiß soll ja gut für die Haut sein«, sagt sie.

Ich bin von diesem Lesbos-Kram schon so durch den Tütel, dass ich sofort Unzügliches denke.

»… Sappho«, sagt sie. Ich fass es nicht. Sie heißt tatsächlich Sappho?

»Also, okay, ich, äh – ich bin Niklas«, stelle ich mich vor. Sie lacht, als sie kapiert, dass ich glaube, dass sie Saphho heißt. (Ey, was für ein Satz, Missverständnisse sind irgendwie ganz schön kompliziert.)

»Du bist der Typ mit dem Sappho-Buch gestern. Ich bin Emily.« Sie muss, während sie das sagt, aufpassen, nicht laut loszulachen und dabei ihr restliches Müsli auf dem Fußboden zu verteilen.
Ich versinke vor Scham im Fußboden.
»Ich krieg Griechisch nächstes Jahr, deshalb …«
»Cool. Griechisch. Na dann …« Es klingt nicht so, als ob sie Griechisch besonders cool findet.
»Bist du allein hier?«, versuch ich sie mit einer Frage festzuhalten. Sie dreht sich um, so als ob sie ihre Freunde sucht, und sagt: »Okay, könnt rauskommen, er hat euch entdeckt … Nein, klar bin ich allein hier. Und du, Niklas?«
»Mit meinen … Eltern«, das Wort will mir nicht recht von der Zunge. Es klebt am Gaumen und ich nuschle. Sie sagt nur: »Ah, ja klar. Na dann, guten Appetit.« Und geht. Griechisch und meine Eltern, schöne Scheiße! Ich stehe da, als Spießer (Griechisch) und Heimchen (Eltern) und hab ein Glas Orangensaft in der Hand und Milch am Hintern. Ich trinke den Orangensaft aus und renne über die Straße an den Strand.

Ich bin verliebt. Nicht in dem Sinn, in dem ich es Ruth erklärt hab. Das war alles romantischer Mist. Ich bin verknallt, verballert, um den Verstand gebracht. Ich liege noch immer in meiner beplämperten Hose am Strand, mein Magen windet sich vor Nervosität. Die unfassbarsten Filmszenen rauschen durch meinen

Kopf. Ich weiß, wenn ich diese Emily nicht bald wiedersehe, werde ich wahnsinnig. Aber wie soll das gehen? Sie ist mindestens zwei Jahre älter als ich, reist allein, fährt Taxi und wünscht mir guten Appetit, wenn ich Orangensaft trinke. Ich rufe mir alle Liebesgeschichten in den Kopf, die ich kenne. Meist ist es allerdings so blöder Porno-Kram. Und das hilft nun gar nicht weiter. Andererseits, sie scheint sich für diese Sappho-Geschichten zu interessieren. Ich streife mir das T-Shirt über und laufe zum Hotel zurück. Als ich grad die Straße überquere, kommt ein Mofa angeknattert. Ich springe wieder zurück auf den Promenaden-Bürgersteig. Das Mofa hält. Im ersten Moment rechne ich damit, dass ein griechischer Halbstarker mich vermöbelt, weil ich ihm seine Vorfahrt auf seiner Insel genommen hab. So wie neulich vor der Disco, als ich mit ein paar Freunden über die Straße gelaufen bin und ein fetter Mercedes, so ein Rentner-Schlitten, uns fast umgefahren hätte. Und einer meiner Kumpel, Olaf, ihm mit der flachen Hand auf den Kühler geschlagen und ihn beschimpft hat. Da flogen die Türen auf und drei Türken sprangen raus, einer hatte ein Messer und kam auf Olaf zu. Wir sind abgehauen, schneller, als wir konnten. Aber auf diesem Mofa sitzt kein Dealer oder Messerträger. Auf ihm sitzt ein Mädchen mit schwarzen Haaren und mit einem geschlitzten Kleid, das den Blick auf die Innenseite ihrer Schenkel freigibt. Emily. Schon wieder.

»Willst du mit?«, fragt sie.

Ich drehe mich um, als würde hinter mir noch einer stehen.

»Wohin?«

»Nirgendwohin. Einfach über die Insel fahren.«

Manchmal gibt es Momente, die sind so groß, dass sie sich nicht fassen lassen. Ich klettere auf das Mofa, auf die Bank, setze mich hinter sie, nehm die Füße hoch und sie fährt los. Ihre Haare flattern mir ins Gesicht. Sie riechen nach Apfel. Ich weiß nicht, wie ich mich festhalten soll. Ich mein, ich kann ihr ja nicht um die Hüfte fassen, einfach so. Schlimm genug, dass ich in jeder Kurve nach vorne rutsche und gegen sie stoße. Sie lacht. Ich kann es nicht sehen, aber hören. Wir verlassen Kamari und brausen über Serpentinen ins Hochland der Insel. Kleine, weiße Häuser links und rechts, Kräuter hängen an Stäben vor den Haustüren, Ziegen wie Blumen in die Berge gestreut, ein Esel auf der Straße. Emily muss bremsen, ich rutsche wieder nach vorn. Sie kichert. Wir überholen einen Bus, jetzt öffnet sich rechts die Sicht auf die flach abfallende Insel. Wir müssen vierhundert Meter über dem Meeresspiegel sein. Unter uns liegt der Flugplatz, dazwischen glänzend wie Seen Plastikbahnen, unter denen Tomaten oder Paprika wachsen. Auf dem Meer hüpft die Sonne auf Tausenden kleiner Wellen. Die Luft während der Fahrt ist wie ein Fön, der einem direkt in den Hals bläst. Ein Dorf mit einer alten Kirche, kaum Menschen, nur eine Frau in Schwarz überquert den Marktplatz. Wir fahren weiter hinauf. Wenn ich mich umdrehe, sehe ich das Meer plötzlich auf der anderen Seite, blau und zappelnd in der Sonne, eingefasst von den steilsten Felsen, die man sich vorstellen kann. Hier ist die Abbruchkante des Vulkans. Ich habe mich getäuscht, als ich meine Eltern für ihre Wanderung ausgelacht habe. Es ist spektakulär, es ist magisch. Das Gestein ist rot, durchzogen mit schwarzen Lavastreifen, und an den Felshang klammern sich die weißen Häuser der Stadt Fira fest. Das alles könnte ich sehen, wenn ich mich umdrehen würde. Aber ich drehe mich lieber nicht um. Ich halte mein Gesicht in Emilys Haare.

Dann, jäh, macht die Straße eine Kurve und das Meer liegt nicht mehr in unserem Rücken, sondern vor uns. Wir sind am Rand, am Abbruch der Erde, am Ende der Welt. Mir stockt der Atem. Tief und zerklüftet fällt die Insel ins Meer. Emily hält an. Wir steigen ab. Ich muss mir erst mal meine Shorts aus dem Schritt ziehen und spucke Staub aus. Dann gehe ich vorsichtig einen Schritt vor. Emily ist bereits da. Wir stehen an dem Hang und ich sage: »So müssen die Götter sich auf dem Olymp gefühlt haben.« Emily setzt sich in das dürre Gras neben der Straße, zieht die Beine an, beugt sich nach vorn, bis ihr Oberkörper über dem Abgrund schwebt. Kreuzfahrtschiffe liegen unter uns wie große, weiße Papierschiffchen. Amerikanische

Touristen werden mit kleinen Booten zur Insel gefahren, wo eine Kabelbahn sie auf unsere Höhe schleppt oder sie mit Eseln die gewundenen Treppen hinauftraben können. Zwischen dem Halbarm der Insel liegen zwei kleinere Inseln, beide sind Vulkane und erst in der jüngeren Zeit entstanden.

»Dass die Erde so lebt, das ist doch Wahnsinn«, sage ich. »Ich mein, sie verändert sich, explodiert und wächst nach. Kein Wunder dass die Völker früher gelaubt haben, dass sie ein Eigenleben hat.«

»Die Erde. Das Meer. Hier ist es 400 Meter tief. Unfassbar, was da unten lebt«, sagt sie. Man hört das Summen von Insekten. Es riecht nach Lavendel. Wenn nicht die Kreuzfahrtschiffe wären und man sich die Straße in unserem Rücken wegdenkt, könnte man sich vorstellen, dass wir alleine sind, alleine und in einer griechischen Vorzeit. Ich will nicht von Sappho anfangen, aber irgendwie wohl doch.

»Cool, dass du mich mitgenommen hast. Danke. Und das sage ich nicht nur so. Das hier ist besonders«, sage ich.

Emily nickt. Sie nickt, als würde sie verstehen, was ich meine.

»Machst du hier Urlaub?«, frage ich.

Jetzt dreht dreht sich voll zu mir. Ich sehe, dass ein dünner Schweißfilm von ihrem Hals abwärts über ihren Busen rinnt.

»Ich arbeite hier. Sozusagen …«, sagt sie.

»Arbeitest was denn?«, frage ich.
Ihr Mofa fängt an zu klingeln und reißt mich aus der Vergangenheit. Emily steht auf, wischt sich die Hände an ihrem Kleid trocken, langt nach einer Satteltasche und zieht ein Handy heraus. Ich hab genau das Gleiche. Es ist so ein aufklappbares, superflaches Modell, das vor einem Jahr top aktuell war und das fast jeder in meiner Klasse hatte. Emily klappt es auf und meldet sich. Sie lauscht, steht dann auf und geht ein Stückchen abseits. Ist schon klar, dass sie nicht will, dass ich zuhöre. Ich versuche mir vorzustellen, wie es wäre, 400 Meter tief zu tauchen. Die Vorstellung entspricht ungefähr dem Gefühl, hier mit Emily zu sitzen.
Sie kommt zurück.
»Ich hab das gleiche Handy«, sage ich.
Sie nickt, irgendwie abgelenkt. Irgendwie ist der Film gerissen, die Romantik kaputt, die Vergangenheit im Eimer. Ich nehme einen Stein und schmeiße ihn in die Schlucht. Natürlich trifft er nicht das Meer. Es ist, obwohl es scheinbar genau unter uns liegt, bestimmt noch hundert Meter entfernt. Ich kann froh sein, wenn ich keine Mutter mit einem Kinderwagen erschlagen hab.
»Willst du fahren?«, fragt sie.
»Eigentlich nicht. Wir könnten nach Fira, die Esel füttern oder eine Bier trinken …«
»Nein, ich meine, willst du fahren? Ich muss wieder los.«

Irgendwie wirkt sie traurig. Oder vielleicht besorgt. Ich würde gern nachfragen, was denn los ist, traue mich aber nicht.

»Ich weiß nicht … Ja, kann ich machen«, antworte ich auf ihre Frage.

Ich bin noch nie Mofa gefahren. Ich hab auch keinen Führerschein und keine Ahnung, ob man einen braucht. Aber ich würde zu allem Ja sagen, was sie mich fragt. Aber sie fragt mich nicht. Sie fragt mich gar nichts mehr. Sie fragt mich nicht, ob ich sie küssen will oder heiraten oder lieben, bis dass wir gemeinsam von der Klippe springen. Also fahre ich zurück. Mofafahren ist im Grunde wie Fahrradfahren mit Lärm. Es ist nicht schwierig. Ich bin auch nicht unzufrieden. Wie könnte ich. Aber zufrieden bin ich auch nicht.

‹ **4. Kapitel** ›

Langsam wird die Zeit knapp. Neun Tage habe ich mich totgelangweilt und Frust geschoben, seit drei Tagen gibt es Emily und ich habe das Gefühl, zum ersten Mal im Leben zu leben. Es ist, als hätte ich zuvor nur an einem Strand gelegen und wäre geschwommen und jetzt auf einmal hat mich das Meer ausgespuckt und an Land gespült und jetzt bin ich da. Und nun ist der Urlaub in zwei Tagen zu Ende. Meine Eltern haben sich bereits den Rückflug bestätigen lassen.

Es ist komisch, dass einem, wenn man weg ist, die ersten Tage endlos erscheinen und der Urlaub viel zu lang, und dann, wenn man erst einmal die Hälfte hinter sich hat, dann rasen die Tage und die Zeit läuft doppelt so schnell ab wie vorher.

»Machst du hier Urlaub?«

»Ich arbeite hier. Sozusagen …« Ich hab keine Ahnung, was ein achtzehnjähriges Mädchen auf dieser Insel arbeitet. Vielleicht ist sie in der Tourismus-Branche, vielleicht Altertumsforscherin (obwohl sie so nun gar nicht wirkt), vielleicht Mofa-Testfahrerin, vielleicht Schriftstellerin. Das immerhin wäre eine Erklärung. Und Erklärungen kann ich nun wirklich gut gebrauchen. Denn als ich am nächsten Morgen in den Frühstücksraum komme, sitzt Emily mit dem Schriftsteller am Tisch. Sie lacht, sie hat die Beine übereinandergeschlagen, sie sieht nicht mehr aus wie ein Mädchen, das zwei Jahre älter ist als ich, sondern wie eine erwachsene Frau. Das ist mein erster Gedanke. Mein zweiter Gedanke ist, dass der Schriftsteller ihr hoffentlich nicht erzählt, dass ich das Sappho-Buch von ihm hab. Mein dritter ist, dass ich mir heute nicht noch mal Milch über die Hose schütten lassen kann, und mein vierter ist, dass ich etwas anderes brauche, um ihre Aufmerksamkeit auf mich zu lenken. Also lege ich mein Handy neben mich auf den Frühstückstisch, wie so ein wichtigtuerischer Börsenbanker oder Politiker. Immerhin das gleiche Handy, das sie hat. Ansonsten tu ich so, als ob ich sie nicht sehe. Das erscheint mir cool und angesagt. Und sie erwidert das, was mir bedeutend uncooler vorkommt. Als ich mich umdrehe, ist der Tisch hinter mir leer, sie und der Schriftsteller sind verschwunden.

Den Vormittag verschwende ich damit, zwischen den Buden und Bars an der Strandpromenade rumzuhängen, von den Palmen Rinde abzuzupfen, beim Mofa-Verleih Türwache zu schieben, am Taxistand auf der Lauer zu liegen. Es riecht nach Staub und alter Erde. Mit dem Fuß kritzle ich griechische Buchstaben in den Sand, deren Bedeutung mir unklar ist. Unklar ist mir eigentlich alles. Was denkt dieses Mädchen sich, wenn sie mit mir Mofa fährt? Ist sie auch in mich verliebt oder ist sie einfach nur nett? »Nett«, wie das klingt. Unschuldig vielleicht. Aber was soll das nun wieder heißen? Ist man schuldig, wenn man sich verliebt? Was, wiederum, will ich von ihr? Ich glaube, ich bin ehrlich, wenn ich sage, dass ich gar nichts von ihr will. Also nicht im Sinn von Küssen oder Sex. Ich will eigentlich nur in ihrer Nähe sein. Ich will ihre Haare in meinem Gesicht und will spüren, wie ihr Körper zuckt, wenn sie lacht.

Meine Eltern fahren am Nachmittag zu einem Einkaufsbummel nach Fira. Ich begleite sie. Obwohl ich dabei sehr schlechte Laune habe, was mir für meine Eltern auch irgendwie leidtut.

Ausschlaggebend war, dass sie mit dem Bus fahren wollten. Und das Busfahren auf Santorin gehört zu den aufregenderen Erlebnissen. Die Fahrer brettern um die Kurven, zirkeln an überhängenden Balkonen vorbei, rasen auf Abgründe zu. Die Fenster sind alle offen, laute Musik trötet aus dem Radio. Wenn man zweifelt, ob man im Süden ist, dann weiß man es in solch einem Bus.

Fira besteht im Kern aus engen Gassen, vielen Nippesläden, in denen es griechische Fahnen, griechische Trachten und griechische Gemälde zu kaufen gibt. Dazwischen Goldschmieden und eine Reihe von Drucken und Keramikminiaturen, die diesen blauen

Fischerjungen zeigen, der auf einem Bild war, das den großen Vulkanausbruch überlebt hat. Die Restaurants in den Gassen nehmen die vierfachen Preise. Meine Eltern wollen doch tatsächlich dort mit mir einkehren, vermutlich weil sie glauben, jetzt, wo ich schon mal dabei bin, müssen sie mir auch etwas bieten. Ich kann sie mit maximalem Aufwand und meiner ganzen Überzeugungskraft, die ich leider in Halsstarrigkeit verwandeln muss, davon abhalten, hier zu essen. Stattdessen gehen wir zurück zu dem Bushalteparkplatz und kaufen uns Falaffel. Die essen wir oberhalb der Restaurants auf den Stufen einer Kirche. Es schmeckt lecker und ist ehrlich. Und preiswerter auch.

Ich weiß nicht, ob ich das extra sagen muss, aber ich bin kein großer Museumsfreak. Und als unser Tag in dem Archäologischen Museum zu enden droht, da will ich gleich wieder auf Verweigerung schalten. Meine Eltern kriegen mich dann damit, dass es nur ein sehr kleines Museum ist. Und ich gehe mit. In dem Museum ist das Original jenes Fischers – und die Vorfahren von Emily. Unfassbare Bilder von Menschen, die vor ewiger Zeit lebten. Und nicht wenige zeigen Frauen mit langen schwarzen Haaren und dem stolzen, etwas verschlossenen, etwas feindseligen Gesichtsausdruck von Emily. Sie tragen blaue Kleider, die den Busen unbedeckt lassen. Ich kaufe mir eine Postkarte.

Ich mein, ich bin nicht religiös und glaube auch nicht an die Seelenwanderung oder so was, aber tatsächlich sah die eine Frau so aus wie Emily. Und wer weiß, vielleicht ist sie ja so etwas wie die unsterbliche Nymphe der Insel. Ich nehme mir vor, Sappho zu lesen, wenn wir wieder zuhause sind.
Zuvor jedoch gehe ich schwimmen, den Staub und die Stadt abspülen, einerseits. Andererseits nachschauen, ob Emily irgendwo am Strand ist. Oder vielleicht ist dieser Schriftsteller ja ertrunken?

Ich schwimme so weit hinaus ins Meer, bis der Strand nur noch eine kleine, dünne Bleistiftlinie am Ende des Meeres ist und die Wellen, obwohl kein Wind weht, so hoch, dass ich im Tal zwischen ihnen nur noch die Inselspitze sehen kann, auf der ich gestern mit Emily saß. Die gute alte Angst stellt sich wieder ein. Sie überfällt mich buchstäblich, es nicht mehr zurückzuschaffen. 400 Meter ist das Meer tief, hat Emily gesagt, 400 Meter Angst vor der Größe des Elements, 400 Meter Angst vor der Tiefe des Mittelmeers. 400 Meter unter mir lauern die Monster. Und es fühlt sich gut an, Angst zu haben. Denn jetzt spüre ich endlich nicht mehr die Verliebtheit in mir. Vielleicht hat es auch etwas mit der Postkarte zu tun. Früher glaubten die Leute, dass man einen Geist bannen kann, wenn man ihn zeichnet. Ich habe Emily als Postkartendruck. Vielleicht komme ich so besser mit ihr klar.

Ich kraule zurück. Ich schwimme gegen die Angst an, gegen die Enttäuschung, gegen die Trauer, dass ein weiterer Tag verstrichen ist, ohne dass ich Emily gesehen hab. Als der Grund im Meer wieder heller wird, vielleicht 50 Meter vor dem Strand, zerspringt mir die Lunge. Jedenfalls fühlt es sich so an. Ich nehme meine bevorzugte Stellung ein, drehe mich auf den Rücken, strecke die Arme und Beine aus und lasse mich als toten Mann treiben. Die Ohren unter Wasser, das Gesicht in der Sonne, ein Bild des Lebens – nichts hören außer dem Blut in den Adern, geblendet vom Licht, sich treiben lassen, außer Atem, aber seine Kraft sinnlos vergeudet.

Als sie mich berührt, denke ich im ersten Moment, eine Qualle streift mich, ein Hai oder ein Delfin. Ich schrecke aus der Lethargie. Emily. Ganz dicht vor mir, ihre Haare treiben wie Algen im Wasser um ihren Kopf.
»Ich hab dich gesucht«, sagt sie. Unfassbar. Wassertretend hält sie sich auf der Stelle. Ich weiß nicht, was ich antworten soll.
»Du hast ganz blaue Lippen«, sagt sie.
»Ich war in Kreta oder so«, gebe ich zurück.
Kreta ist 150 Kilometer weit weg.
»Dann spürst du es ja gar nicht, wenn ich dich jetzt küsse«, sagt sie. Und dann zieht sie sich mit einem kräftigen Zug zu mir heran und drückt ihre warmen

Lippen auf meine kalten. Ich spüre das sehr wohl. Ich spüre es, wie ich noch nie etwas gespürt habe. Und ich schmecke es. Ihr Kuss ist salzig wie das Meer.
Die Postkarte, der Tag in Fira, der Versuch, sie auf Abstand zu halten – alles Quatsch gewesen.
»Du darfst dich aber nicht in mich verlieben, okay?«, sagt sie.
Ich nicke. Okay. Was immer das jetzt wieder heißen soll. Außerdem ist es schon zu spät. War es schon gewesen, als sie anreiste. Insofern kann ich ruhig nicken. Ich werde mich ja nicht in sie verlieben, ich bin es bereits.

Wir liegen nebeneinander am Strand. Die Felsen, die diesen Strand zu einer Bucht abschließen, leuchten rot im beginnenden Abend. Ich schaue misstrauisch umher, ob ich meine Eltern sehe. Tue ich aber nicht. Die Sonne wirft lange Schatten aus den Bäumen und von den Häusern. Emily schläft. Jedenfalls hat sie die Augen geschlossen. Ihre Haare sind schon wieder trocken. Mir ist noch immer nicht warm. Aber es fühlt sich gut an, so ausgekühlt zu sein. Es fühlt sich an, wie ihr Gesicht aussieht. Nie habe ich ein Gesicht so ohne Sommersprossen, Falten, Unebenheiten gesehen.
»Was arbeitest du?«, frage ich.
Ohne die Augen zu öffnen, sagt sie: »Ich küsse Jungs, die ich nicht kenne …«

Ich grinse. Aber irgendwie macht ihre Antwort auch etwas kaputt. Es ist schwer, sich über etwas zu freuen, wenn man darüber Witze macht. Es holt einen irgendwie raus, aus dem Gefühl, der Situation, dem Sein. Und dann ist man außen und betrachtet sich selbst am Strand liegend und kommt sich irgendwie komisch vor, irgendwie gespalten. Vielleicht liegt es daran, dass wir uns an diesem Tag nicht mehr küssen.

Als der Schatten bis zu uns gewandert ist, steht Emily auf, verabschiedet sich und geht. Ich will ihr noch etwas hinterherrufen, aber ich weiß nicht, was. Alles, was ich sagen könnte, klänge, als sei ich in sie verliebt. Und das hat sie mir ja ausdrücklich verboten. Ich sehe ihr nach, eine Frau aus der griechischen Mythologie, die Prinzessin einer untergegangenen Kultur. Was soll ich machen?

Morgen ist mein letzter Tag auf Santorin.

‹ 5. Kapitel ›

Noch in der Nacht schleiche ich mich zu Emilys Zimmer. Es ist ein bisschen wie früher auf den Klassenfahrten. Ich muss aufpassen, dass meine Eltern nicht wach werden. Der leere Gang des Hotelflurs bietet eine eigentümliche Kulisse. So ganz wirklich ist das nicht. Es ist kurz nach Mitternacht. Von der Strandpromenade wehen Geräusche herauf, das Lachen von Urlaubern, das Klingen von Gläsern, die angestoßen werden. Irgendwo singt ein Betrunkener. Ich klopfe an die Tür, leise. Emily antwortet nicht. Ich klopfe lauter und stelle ihren Namen als Frage. Keine Antwort, kein Geräusch aus dem Innern des Zimmers. Ich lege mein Ohr an die Tür, nicht um etwas hören zu wollen, sondern weil ich Emily auf diese Weise näher kommen kann. Für eine Weile bleibe ich so stehen. Dann gehe ich zurück. Es tut mir weh, dass Emily nicht da ist. Ich mein, sie kann natürlich machen, was sie will. Aber dass sie meinen letzten Abend nicht mit mir teilt, dass ich hier auf gepackten Koffern mit meinen Eltern sitze und sie macht, was immer sie macht, das erscheint mir in diesem Moment nicht fair.

Ich bin in Gedanken versunken und passe nicht auf,

als ich zurückkomme. Die Tür fällt mir aus der Hand.
»Hallo?«, ruft meine Mutter aus dem Schlafzimmer.
»Ich bin's«, sage ich, »nur ich.« Ich finde, es klingt
ganz schön traurig, dass nur ich es bin.
So liege ich im Bett und grüble, was Emily macht und
wo sie sein kann. Ich nehme mir den Gedichtband
von Sappho und blättere darin herum. Und bleibe an
einem Text hängen, der für diese Nacht geschrieben
zu sein scheint.

Ehrlich • ich wollte ich wäre tot
sie hat geweint
als sie mich verließ und zu mir
sagte: wirklich ich wollte ich
wäre tot – wie ungern verlasse
ich dich Sappho!
Und ich sagte zu ihr: sei nicht
traurig du weißt ja wie sehr ich
wie sehr wir dich liebten • traurig
ist nur was man
vergißt und ich weiß ja daß du
alles vergißt was man dir sagt
drum laß dich daran erinnern
wie es war als du
hier bei uns warst: weißt du
noch die kränze aus veilchen rosen
und krokus und jene
aus anis und dill?

Wie wir uns girlanden aus ginster
und gras flochten und sie uns
um den hals legten und wie sie
dich stachen?
Wie viele salben hast du immer
gebraucht – brentho und basileion
für deine haut damit sie glatt würde
wie für einen könig!
Was warst du doch für ein kindskopf
schliefst lang in den tag hinein und
träumtest von wasweißichwas –
wußte ich wem?
Bei keinem einzigen tanz aber hast
du gefehlt keinem einzigen opfer
keinem einzigen trank und es gab
keinen hain
wo wir uns nicht den frühling holten
und ihn mit unseren liedern wieder
vertrieben – du hast ja auch damals
meist falsch gesungen!
Wirklich ich wollte ich wäre tot ich
habe dich weinen gesehen als du fort
von uns gingst und ich nichts richtig
zu sagen vermochte*

---

* übertragen von Raoul Schrott in: Raoul Schrott, *Die Erfindung der Poesie. Gedichte aus den ersten viertausend Jahren*, München: dtv 2003, S. 125, XXXIII

»Kränze aus Anis und Dill«, Wahnsinn! Wenn mir jemand gesagt hätte, ich würde so was mal mögen, ich hätte ihn ausgelacht. Aber hier passt es. Es passt zu dieser Insel und zu der antiken Emily. Ich stelle sie mir vor, wie sie auf ihrem Mofa durch die Nacht fährt, wie sie nachts schwimmt, wie sie irgendwo auf den Bergen ein Feuer entzündet und sich danebengelegt hat und jetzt schläft zwischen Anis und Dill. Und bei dieser Vorstellung muss auch ich eingeschlafen sein.

Am nächsten Morgen weckt meine Mutter mich und fragt, ob ich mit zum Frühstück kommen will. Ich brumme etwas Unverständliches und nuschle nur die Worte »müde« und »zu früh«.
»Wo warst du denn letzte Nacht?«, will meine Mutter wissen.
»Hab den Fischen Tschüß gesagt«, sagte ich.
»Warst du schwimmen?«
»Natürlich nicht. Ich konnte einfach nicht schlafen …«, brumme ich. Ich weiß, dass ich schon einmal überzeugender gelogen habe. Aber es hat trotzdem seinen gewünschten Effekt. Meine Eltern gehen frühstücken, und kaum, dass sie aus dem Zimmer sind, springe ich auf und laufe zu Emilys Apartment. Ich klopfe und rufe leise ihren Namen. Diesmal geht die Tür sofort auf, fast so, als hätte sie auf mich gewartet. Ich erschreck mich fast zu Tode, so wenig hab ich

damit gerechnet. Emily steht vor mir, angezogen, als wollte sie gerade auf eine Party. Im ersten Moment denke ich, klar, wenn sie so früh schlafen geht, dann ist sie jetzt schon fit. Aber dann sehe ich, dass sie nicht schon, sondern noch angezogen ist. Ihr T-Shirt ist durchgeschwitzt, die Schminke verlaufen, ihre Haare riechen nach Rauch. Auch sie ist überrascht. Fast scheint es, als ob sie jemand anderen erwartet hätte.
»Niklas.«
Ich sehe auf ihre nackten Füße. Die Schuhe hat sie wohl ausgezogen, wie man es nach durchtanzten Nächten tut. Von wegen am Lagerfeuer geschlafen, von wegen alleine geschwommen oder mit dem Mofa nachts über die Berge gefahren, von wegen Anis und Dill. Ich bin gekränkt. Ich bin eifersüchtig. Ich bin zornig. Ich komme mir verarscht vor. Sie hätte mir auch Bescheid sagen können, dass sie tanzen geht, und mich nicht beknackte Liebeslieder lesen lassen.
»Wo warst du?«, frage ich.
»Hör zu. Ich hab dir gesagt, nicht in mich verlieben, okay. Das hab ich dir gesagt.«
Ja, das hat sie. Aber was ist das für eine bekloppte Ansage?
»Heute ist mein letzter Tag«, sage ich. Irgendwie bescheuert. Klingt wie eine Drohung, dabei ist es ein Hilferuf. Aber er verhallt ungehört. »Ich hau mich jetzt aufs Ohr. Ich treff dich nachher am Strand«,

kommt es zurück, so dass keine Widerrede möglich ist. Dann schließt sie die Tür. Ich stehe zum zweiten Mal davor, abgewiesen, irgendwie belämmert.

Ich bringe dem Schriftsteller nach dem Frühstück das Sappho-Buch zurück. Ob es mir Glück gebracht hat, weiß ich nicht. Jedenfalls hat es mein Leben verändert – auf eine irgendwie unklare Art. Da er nicht im Zimmer ist oder ebenfalls schläft, lege ich das Buch vor seine Tür, so wie er es gesagt hat. Dann trolle ich mich.

Da Emily jetzt schläft, fahre ich schon wieder bei meinen Eltern mit, ein kulturhistorischer Ausflug. Ich dachte, nach der Überraschung mit den blauen Bildern der halbnackten Emily im letzten Museum kann es so schlimm nicht werden. Aber ich täuschte mich. Wir fuhren auf eine halbe Berghöhe und mussten dann noch weiterkraxeln, um die älteste Ausgrabung der Insel zu bewundern, lauter Schutt und Steine. Alle fanden es ganz toll, dass die ollen Griechen ihre Säulen so weit den Berg raufschleppen konnten, aber ich dachte nur, wie dumm muss man sein, ausgerechnet hier oben seine Burg anzulegen? Ich mein, es ist eine Insel, oder? Die kann man doch auch so 1a verteidigen. Aber so ist es eben mit der Geschichte. Was alt ist, ist toll. Bildungsgut für Bildungsspießer. Gegen 15 Uhr sind wir zurück. Emily ist immer noch nicht aufgetaucht. Ich packe meinen Koffer noch einmal aus und noch einmal ein, weil ich nicht weiß, was ich sonst tun soll. Wie das Kinderspiel, bei dem man den Satz immer weiterspinnen muss: Ich packe meinen mit einem dicken Kloß im Hals, mit einem Stein im Magen, mit einem traurigen Herzen, mit Sehnsucht, mit Trauer. Ich glaub, ich war noch nie traurig wegen einem Mädchen. Es fühlt sich echt so traurig an wie noch nie vorher was. Wann hab ich denn in den letzten Jahren einmal geweint? Ich kann mich fast an nichts erinnern. Als wir das Fußballspiel in der letzten Sekunde verloren, da war ich sauer, aber geweint hab ich nicht. Vielleicht war ich ein bisschen traurig, dass ich keine Freundin hatte, bevor ich mit Ruth zusammenkam, aber geheult habe ich da nicht. Irgendwie war mir klar, dass da schon noch was gehen würde. Aber jetzt ist es anders. Ich habe plötzlich Lust zu rauchen. Ich mein, ich bin Nichtraucher und es ist ungesund und alles, aber plötzlich kommt es mir cool vor, und das zu sein, ist jetzt wichtig. Nur dürfen meine Eltern mich nicht erwischen. Alcopops und so, das geht schon noch. Aber Rauchen ist top verboten, das ist ein Kapitalverbrechen. Und meine Mutter hat mir schon als Kind eine aufgeschnitten Raucherlunge gezeigt, eine Art Schock-Therapie. Und ich kann euch sagen, eine Raucherlunge ist kein schöner Anblick. Sieht aus wie vollgeschissene Windeln. Und vollgeschissene Windeln im Brustkorb zu haben, das haut einen echt um.

Ich laufe runter an den Strand zu dem Bambushüt-

tenkiosk und krame ein paar Euros aus meiner Tasche. Ich zeige auf eine Packung Filterloser.
»Lass«, sagt da Emily. Sie steht in ihrem Badeanzug hinter mir. Über dem Badeanzug trägt sie einen Wickelrock. Sie fasst mich am Arm und sagt: »Komm.« Und ich stecke das Geld wieder weg.
Ihre Hand ist von meinem Arm zu meiner Hand gewandert. So schnell geht das plötzlich, ich kann gar nicht mehr sagen, wie enttäuscht ich bin, dass sie ohne mich weg war. Hand in Hand laufen wir am Strand entlang, ich ihr nach, wir kraxeln ein paar Klippen hoch, einen sandigen Hang hinunter und erneut hoch auf einen grauen, großen Schieferstein. Unterhalb des Steins ist eine kleine kieselbelegte Bucht, eingerahmt von zwei grauen Vulkanfelsen. Hier setzen wir uns. Dass heißt, sie setzt sich, zieht mich dann runter, zieht mich auf sich. Ich ziehe mein Handy und das Portemonnaie aus der Hosentasche, dass sie nicht denkt, da drücke was.
Beide sind wir warm vom Klettern und von der Sonne. Und dann küssen wir uns. Nicht solch ein Stubskuss wie gestern im Meer, sondern richtig. Und meine Zunge berührt ihre Zunge und jeder Gedanke an Raucherlungen ist wie weggeblasen.
»Du rauchst?«, fragt sie.
»Eigentlich nicht«, sage ich.
»Ich auch nicht.« Während sie das sagt, zieht sie ihr Handy aus ihrem Wickelrock und legt es neben

meins und dann kommt noch ein Beutelchen mit Tabak dazu. Sie kramt Blättchen heraus und ein würfelgroßes Stück, das aussieht wie gammeliges Kaugummi. Dann baut sie einen Joint. Sie steckt ihn an. Zieht, reicht ihn mir. Ich ziehe und muss ein Husten unterdrücken. Schlagartig bin ich high. Nichtraucher und verliebt. Das ist alles nicht mehr von dieser Welt.

»Wo wohnst du?«, will sie wissen. »In Deutschland, meine ich.«

Ich erzähle es ihr. Total uncool. Ich könnte sie vielleicht jetzt fragen, wo sie wohnt und die Frage nach der Arbeit wiederholen. Aber das will ich nicht. Ich sehe ihre Lippen an, die sich spitzen, wenn sie den Joint in den Mund steckt, ich küsse sie wieder. Jetzt schmecken unsere Mundhöhlen nach Rauch. Unsere Hände schlingen sich umeinander und dann tasten wir unsere Körper ab. Wir rollen über den Kieselstrand, immer wieder übereinander. Und unsere Münder lassen sich dabei nicht los. Dann rauchen wir noch einen Joint. Noch nie war ich so glücklich, noch nie war mir alles so egal.

»Wie erreiche ich dich?«, frage ich.

»Gar nicht. Das hier ist echt, das ist alles, der Moment, der uns bleibt. Morgen bist du weg und wir sehen uns nicht wieder«, sagt sie.

»Aber es fängt doch grad erst an. Ich mein, vielleicht gibst du grad dein Lebensglück weg. Vielleicht bin ich ja der Mann, den du noch mit achtzig kennen willst, mit dem du dein Leben teilen willst. Wäre das nicht spannend? Wäre es nicht cool, das herauszufinden, herauszufinden, wer wir eigentlich sind? Zusammen, meine ich?«

»Nein«, sagt sie. Und der Saum einer Welle leckt uns an, weil wir ein Stück zu weit an das Wasser gekugelt sind. »Das wäre nicht cool. Und ich bin ganz sicher nicht die Frau, mit der du dein Leben verbringen willst.«

Ich will widersprechen, lasse es dann aber. Es führt ohnehin zu nichts.

Und ich kann eh nicht mehr an die Zukunft denken, so high bin ich. Die Sterne taumeln über den Himmel, und als wir uns auf den Weg zurück machen, ist es nicht traurig. Ich halte die Luft an, vielleicht weil ich denke, dann diesen Abend noch etwas länger in mir halten zu können. Wir verabschieden uns mit einem letzten Kuss. Einem langen Kuss, einem, der Unterdruck erst im Mund und dann im Hirn erzeugt. Und plötzlich schmecke ich Blut in meinem Mund. Und dem Geschmack folgt ein Schmerz. Emily hat mir in die Lippe gebissen. Vielleicht sollte es ein zärtliches Knabbern sein, vielleicht Leidenschaft. Vielleicht auch einfach rohe Gewalt, so wie man sagt, dass Liebe die gemeinste Form von Gewalt ist.

»Au«, sage ich und ziehe meinen Kopf zurück.

»Tut mir nicht leid«, sagt sie und küsst das kleine

Rinnsal, das von meiner Lippe Richtung Kinn läuft, weg.

»Das ist, damit du mich nicht vergisst. *Take care*!«, sagt sie.

»Du auch.«

Atem- und fassungslos sehe ich ihr nach, sehe, wie sie geht. Als ob es mein Leben ist.

‹ 6. Kapitel ›

Die Trauer kommt auf dem Flughafen. »Trauer«, das ist auch so ein spießiges Wort, das nach abgestandenen Fotoalben riecht. Und so richtig hat das Wort nichts mit meinen Gefühlen zu tun. Die sind frisch, die sind blutig, die sind wie ein Schlag in den Magen, eine Herzmassage, wie der Schlag einer salzigen Welle, wenn man durchgeglüht ins Wasser taumelt. Meinetwegen Trauer – aber sie kommt mit der Macht eines Katers.

Meine Eltern haben den ganzen Morgen über Stress gemacht, dass ich die letzte Nacht nicht da war und dass sie sich solche Sorgen gemacht haben und nicht schlafen konnten und kurz davor waren, die Polizei anzurufen. Wo ich bloß gewesen sei … Schließlich war es mir zu dumm und ich hab gesagt: »Ich hab mich von meiner Freundin verabschiedet.« Sie wollten doch immer, dass ich eine Freundin hab.

Meiner Mutter ist die Spucke weggeblieben. Ich weiß nicht, ob aus echter Überraschung oder weil sie es nicht mitgekriegt hat, dass es tatsächlich noch eine andere Frau neben ihr gegeben hat. Ist ja auch fies. Da gehen sie extra mit dem Sohnemann in die Disco und was macht er? Knutscht hinter ihrem Rücken.

Spaß beiseite – es ist mein Leben und das müssen meine Eltern mal kapieren. Es geht sie nichts an.
Nur mein Vater sagte trocken: »Und Ruth?«
Ja, Ruth, an die hab ich die letzten Tage nun gar nicht mehr gedacht. Ich hatte auch kein schlechtes Gewissen oder so. Vielleicht hab ich ja auch gar kein Gewissen. Ich weiß nicht, ich bin ja mit Ruth auch ziemlich gewissenlos zusammengekommen. Meinem Vater hab ich keine Antwort gegeben und mir selbst hab ich auch keine gegeben. Aber jetzt, im Flugzeug, versuche ich den bohrenden Fragen direkt in ihre hässliche Fresse zu schauen. Und wie man es dreht und wendet, es gibt nur eine Möglichkeit, halbwegs gerade und ehrlich zu bleiben: Ich muss die Flucht nach vorn antreten und mit ihr Schluss machen. Im Grunde hätte ich das schon längst tun müssen, jedenfalls vor dem Urlaub. Und wenn ich es vorher nicht konnte, dann weil ich keinen richtigen Grund hatte. Vermutlich bin ich nicht nur gewissenlos, sondern auch feige. Für alles brauche ich einen Anlass. Na ja, jetzt hab ich einen. Jetzt habe ich einen richtigen. Ich liebe ein anderes Mädchen. Große Worte – Liebe, Trauer. Aber so ist es. Ich schaue in das brennende Auge der Sonne und spüre die Wärme von Emilys Haut auf meiner Haut. Ich sehe die Wolken, wie Badewannenschaum von unten, und streiche mir über die Zunge, um den letzten Abdruck ihrer Lippen auf meinen aufzunehmen. Ich taste mit der Zunge über den

Biss in meiner Lippe. Eine frische Narbe wölbt sich, wo ihre Zähne meine Haut ritzten.

Deshalb verweigere ich auch das Essen, irgendein eingeschweißtes Stück totes Tier. Ich habe noch ein paar Luftmoleküle, ein paar Atome ihres Körpers an meinem Mund haften, die werde ich mir nicht mit kalorienarmem Bratenfett ruinieren. Ich habe ihre Erinnerung in meiner Lippe eingeritzt durch eine Narbe.

Im Flugzeug darf man nicht telefonieren. Aber ich nehme mir vor, Ruth noch vom Flughafen aus anzurufen, um mit ihr Schluss zu machen. Ich stelle mir vor, wie sie das Telefon abnimmt. Sie hat vierzehn Tage nichts von mir gehört. Ich habe keine Karte geschrieben (was hätte ich ihr schreiben sollen?). Sie sitzt in ihrem Zimmer auf dem Bett unter dem Amy-Winehouse-Poster und sieht, dass ich es bin. Vielleicht hat sie am Anfang der Ferien auf SMS oder Mails gewartet, ihr Handy halbstündlich gecheckt und es enttäuscht wieder weggelegt. Dann hat sie die Hoffnung vermutlich irgendwann aufgegeben. Und jetzt bin ich wieder online.

»Hi«, wird sie sagen. Wahrscheinlich ohne Vorwurf, dass ich mich erst jetzt melde. Eigentlich ist das Besondere an Ruth, dass sie keine besonders hohen Erwartungen an mich hat. Das macht vieles einfach.

»Ruth, ich sag es dir jetzt gleich. Ich habe ein anderes Mädchen kennengelernt. Ich kann nicht mehr mit dir zusammen sein.« So werde ich es sagen. Oder muss ich einfühlsamer sein? Vielleicht Emily gar nicht erwähnen. Ich mein, sie wird sie ohnehin nie zu Gesicht bekommen. Erst einmal sagen, wie schön das Wetter war und wie langweilig die Insel … »Also, ich weiß auch nicht, in letzter Zeit, da haben wir uns ja ein wenig entfremdet. Du warst so anders und ich, ich wusste nicht, was ich wollte, und ich hab einfach Zeit gebraucht, um mir klar zu werden, was ich will – und das bist nicht du.« Nein, Einfühlsamkeit bei Trennungsgesprächen, das vergrößert nur den Schmerz. Außerdem klingt es peinlich. Und es bietet ihr zu viele Möglichkeiten, mir zu widersprechen. Also lieber *quick and dirty*.

Den Rest des Fluges denke ich darüber nach, was ich Ruth alles nicht sagen werde: »Du wirst sie sowieso nicht sehen« ist der Schlüsselsatz. Warum muss man anderen Menschen noch wehtun, wenn es total sinnlos ist. Das wäre falsch verstandene Ehrlichkeit. Nur dumm, dass das auch für mich gilt, dass ich Emily nicht mehr sehen werde. Ich entwerfe einen Plan, wie ich Emily doch noch kontaktieren kann. Ich kann in dem Hotel anrufen und nach ihr fragen. Ich kann im Internet nach ihr suchen, obwohl ich den Nachnamen nicht weiß. Ich kann hoffen, dass sie sich bei mir meldet. Vielleicht kann ich sie bei StayFriends oder StudiVZ oder facebook finden? Wie viele Emilys gibt es wohl? So viele werden es schon nicht sein.

Wir setzen zur Landung an. Der Ohrendruck presst die letzten Emily-Moleküle aus meinem Körper. Das Flugzeug hüpft zweimal, dann bremst es ab. Ich versuche, den Druck wegzuschlucken. Das klingt fast, als meinte ich das Telefonat mit Ruth.

Während wir auf die Koffer warten, in einer Neon-Halle, in der wir trotz Griechenlandbräune wie Wachs aussehen, krame ich mein Handy raus. Ich mache es an und wundere mich über den Signalton, als sich das Menü aufbaut – meiner klingt anders. Und auch das Display leuchtet nicht in dem blauen Hintergrund meines Lieblingsfußballvereins, sondern setzt sich aus einem bunten Muster von Quadraten zusammen. Ich klicke aufs Hauptmenü. Noch ist es fast ein Reflex. Aber während ich ihn ausführe, schält sich in meinem Kopf die Lösung heraus.

Das Hauptmenü gleicht meinem. Ich öffne das Adressbuch – die Namen sind unbekannt. Es sind nur Vornamen. Ich speichere meine Adressen nach den Nachnamen.

Das ist nicht mein Handy.

Es gibt nur eine Erklärung: Ich habe Emilys Handy! Da war die letzte Nacht. Wir haben die Telefone auf die Steine neben uns in der Kieselbucht gelegt, wir haben diesen Joint geraucht – und dann haben wir die Dinger vertauscht. Und jetzt – die Erkenntnis treibt mir das Blut in die Ohren – jetzt weiß ich, wie ich an Emily rankomme, wie ich Kontakt aufnehmen kann.

Denn sie hat ja mein Handy. Ich muss nur mich selbst anrufen!

Das tue ich. Mit schnellen Fingern, schneller, als ich tippen kann, so dass ich mich verwähle. Aber das ist ja egal, es ist ja ihre Handyrechnung. Ich wähle erneut. Dann höre ich auf das Tuten.

»Hallo?« Unfassbar. Tatsächlich. Emily! Sie klingt außer Atem.

»Dafür, dass wir uns nie wiedersehen, telefonieren wir ganz schön schnell wieder miteinander«, sage ich.

»Niklas, scheiße«, sagt sie.

»Bitte?«

»Du musst mir das Handy sofort schicken. Am besten per Express. Oder warte, wo wohnst du?«

Emily klingt am Telefon ganz anders als live, wenn sie einem ins Ohr atmet. Oder ist es nicht das Telefon, sondern sie selbst, die so anders klingt?

»Wieso, willst du kommen?«, frage ich. Das würde meinen Trennungsplan ganz schön durcheinanderbringen. Dann würde sie ja Ruth über den Weg laufen. Aber das ist nur ein halber Gedanke. Irgendwas ist anders. Emily ist gehetzt. Da schwingt eine Anspannung mit, die ich nicht begreife. Ich mein, im Grunde ist es doch lustig, die Dinger vertauscht zu haben. Aber jetzt macht es keinen Spaß mit ihr zu reden.

»Hör zu«, sage ich, »die Koffer kommen. Ich melde mich nachher noch mal.«

»Niklas«, höre ich sie rufen, bevor ich auflege.
Die Koffer kommen nicht. Ich starre das Handy an. Und auf eine mir nicht ganz klare Art fühle ich, dass ich mich an ihr gerächt habe für die Nacht, in der sie ohne mich Tanzen war. Da habe ich blöd vor ihrer Tür gestanden und ihren Namen gerufen und sie hat nicht aufgemacht und jetzt bin ich es, der einfach aufgelegt hat.
Und ich spinne diesen Gedanken weiter. Wo war Emily, wenn sie nicht im Hotel war? Was arbeitet sie auf der Insel? Was arbeitet sie überhaupt?
Ich weiß, ein Handy ist so eine Art Tagebuch der Neuzeit und es gehört sich nicht, darin zu lesen. Aber Emily und ich haben ja eh ein paar Sachen gemacht, die eher persönlich sind. Und deshalb schaue ich mir jetzt das Ding genauer an. Ich öffne erst mal ihre Fotos. Ob ich mich selbst wiederfinde?
Im ersten Moment denke ich, sie hat ein Starbild geladen, so wie ich eben eines meiner Lieblingsmannschaft habe. Das erste Foto zeigt diesen Schauspieler. Bekanntes Gesicht, Hollywoodgröße, spielt manchmal mit Brad Pitt, unglaublich cooler Typ. Ich erkenne ihn gleich, obwohl er einen Bart hat.
Dann sehe ich das zweite Gesicht. Es schmiegt sich über seine Schulter und scheint ihm ins Ohr zu beißen. In dieser Sekunde bricht mir der Schweiß aus. Es ist Emily. Nur sind ihre Haare deutlich heller. Ich klicke weiter. Emily zeigt ihren Rücken. Sie ist nackt.

Der Schauspieler umarmt sie. Er ist auch nackt, soweit man das sehen kann. Drittes Bild: Der Schauspieler in Unterhose auf dem Bett. Also war er doch nicht nackt. Dafür sieht er nun gar nicht so durchtrainiert aus wie sonst im Kino. Viertes Bild: Emily und er in der Badewanne. Mir wird schlecht. Emily ist mit einer Hollywoodgröße zusammen.

Die Koffer kommen. Ich klappe das Handy zu. In dem Moment vibriert es in meiner Hosentasche. Wahrscheinlich hat jetzt Emily den Spieß umgedreht und ruft einfach ihr Handy an. Ich weiß nicht, was ich sagen soll. Aber ich weiß, dass ich es nicht schaffe, nicht mir ihr zu reden. Mit der linken Hand ziehe ich meinen Koffer vom Fließband, mit der rechten halte ich das Mobilteil.

»Ja«, sage ich in den Hörer.

»Hello? Who is speaking?« Eine Männerstimme. Ich weiß, wer das sein muss. Ich versuche, seine Stimme zu erkennen. Aber in Deutschland sind die Filme ja synchronisiert und man weiß eigentlich nicht, wie die Schauspieler in echt sprechen.

»Who are you?« frage ich zurück.

»Can I talk to Susanna?«

»No, you can't.« Ich lege auf. Susanna? Hat er sich verwählt? Ist alles ein Missverständnis? Oder hat Emily einen zweiten Namen?

‹ **7. Kapitel** ›

Wir fahren durch die Nacht. Die Lichter der Autoscheinwerfer wie Eiter auf der Straße. Im Auto mit meinen neugierigen Eltern kann ich nicht mit Emily reden. Und Ruth kann ich auch nicht anrufen. Davon abgesehen, dass ich ihre Nummer auch gar nicht auswendig kenne. Und als wir zuhause ankommen, ist es Mitternacht. Das wäre zwar kein Grund, aber es ist eine Ausrede. Ich weiß auch nicht, was ich ihr sagen soll, was ich sie fragen soll, was ich denken soll. Eben noch hat sich mein ganzer Körper nach ihr angefühlt, jetzt ist er leer, wie ausgeschlagen, wie eine Flasche Ketchup, die man gen Erdmittelpunkt haut, um auch noch den letzten Tropfen rauszuschleudern. Emily hat mir etwas vorgespielt. Die Lippen, die mich so berührten, sie berührten schon die behaarte Brust dieses Lackaffen. Und die ganze Zeit, während ich ihr nachgelaufen bin, hat sie mit diesem Typen Kontakt gehabt. Wie sonst wäre sein Anruf so selbstverständlich gewesen.
Ob sich Ruth so gefühlt hätte, wenn ich mit ihr Schluss gemacht hätte? Meine Güte, denke ich, nur gut, dass ich sie noch nicht angerufen hab.

Und dann sind wir zuhause und ich liege in meinem Bett und schaue mir die Bilder in Emilys Handy an, wieder und wieder. Und ich weiß plötzlich, was ich machen muss, dass es mir besser geht. Ich werde das nicht auf mir sitzen lassen. Ich werde mich rächen.

Im Adressbuch steht der Vorname des Schauspielers, ganz so, als wäre es ein Sandkastenfreund. Ich wähle sie. (Unfassbar, dass ich die private Handynummer von dem Typen hab, von dem Bravo-Mädchen träumen.) Sofort nimmt er ab. Die Stimme, die nicht mit dem Gesicht, das ich kenne, synchron geht.

»Hey, Sweety. I have tried to call you …«

»Nicht Sweety«, sage ich auf Englisch. »Ich hab die Fotos von dir und – Susanne – auf dem Handy. Ich werde sie morgen ins Internet stellen. Oder an eine Zeitung geben.« Dann lege ich auf. Ich mache das Handy aus, damit es nicht die ganze Nacht brummt und vibriert. Denn sicher wird er mich jetzt wieder und wieder anrufen. Ha! Gute Nacht, Promi. Gute Nacht, Emily!

Tatsächlich habe ich am Morgen sieben Anrufe. Wobei, eigentlich nicht ich, sondern Emily. Offenbar habe ich dem guten Mann die Laune ganz erheblich vergällt. Kommt davon, wenn man meiner Freundin in Unterhose begegnet oder sie in die Badewanne verschleppt.

Ich frühstücke mit Appetit. Meine Mutter schaut allerdings etwas beklommen drein. Ich frage aber nicht nach, schnappe mir mein Fahrrad und kurve los zur Schule.

Der erste Schultag nach den Ferien ist zweifellos der beste. Noch gibt es keine Wiederholung. Irgendwie fühlt sich alles an wie gewaschen oder nach einem starken Regenguss.
Bei der Einfahrt in den Fahrradkeller fällt mir allerdings ein, warum meine Mutter so bekümmert ausgesehen haben könnte. Sie hat sich meine Sorgen gemacht, denke ich. Denn plötzlich steht Ruth vor mir.
Ich hatte gar nicht mit ihr gerechnet, so sehr war ich in Gedanken bei Emily und ihrem VIP-Lover.
Ruth hat offenbar auf mich gewartet. Sie kommt auf mich zu. Ihr Haar ist hochgesteckt, ihr Gesicht schmal. Sie sieht anders aus, als ich sie in Erinnerung habe, besser, glaub ich.
Jetzt ist der Moment, auf den ich mich im Flugzeug vorbereitet habe. Aber ich sehe Ruth und weiß, dass ich nicht in der Verfassung bin, jetzt mit ihr zu reden. Jetzt mit ihr Schluss zu machen. Und auf eine Art haben sich die Dinge ja auch geändert. Ich weiß jedenfalls nicht mehr so genau, ob ich noch in Emily verliebt bin.
Und als gäbe es einen telepathischen Aufruf, klingelt

in diesem Moment Emilys Handy. Ich wäre wohl nicht drangegangen, wenn das nicht die Chance gewesen wäre, Ruth auszuweichen. Ich nehme es aus der Tasche, gebe Ruth ein abwehrendes Handzeichen und klappe es auf.

»Ja?«

»Bist du völlig bekloppt oder was?«

»Emily? Oder soll ich Susanne sagen?«

Das hat gesessen. Sie muss kurz schlucken. Ich blicke mich nach Ruth um. Sie hat sich abgedreht und über das Geländer zum Fahrradschuppen gelehnt. Sieht ganz schön traurig aus.

»Was willst du eigentlich? Ich hab dir nie gesagt, dass ich keinen anderen Freund habe. Ich hab dir gesagt, du sollst dich nicht in mich verlieben.«

»Weißt du eigentlich, wie alt der Typ ist? Der ist bestimmt Mitte dreißig. Das könnte dein Vater sein!«, rufe ich in das Handy, etwas zu laut, so dass Ruth sich jetzt umdreht.

»Er ist dreiunddreißig und hat eine Frau und zwei Kinder. Niklas, gib mir das Handy zurück. Wenn du versuchst, ihn zu erpressen, dann versteht er keinen Spaß. Er hat viel zu verlieren. Du weißt nicht, was du tust.«

»Aber du weißt, was du tust? Hast du mit ihm geschlafen?«

»Wonach sieht es denn aus?«

Ich schweige, getroffen. Dann sage ich es. Ich weiß

auch nicht, wieso: »Du kannst das Handy wiederhaben, wenn du auch mit mir schläfst«, sage ich. Ich lege auf. Ruth ist verschwunden. Ich hoffe nur, sie ist gegangen, bevor ich das gesagt habe.

‹ 8. Kapitel ›

Der erste Schultag ist zweifellos nicht der beste, sondern der bescheuertste Tag, den man sich vorstellen kann. Ich bin vor allen Dingen damit beschäftigt, Ruth aus dem Weg zu gehen. In der Pause laufe ich gleich raus und renne mit ein paar Kumpels wie bekloppt hinter einem Tennisball her, in Geschichte setze ich mich ganz nach hinten, nachdem ich Ruths hochgesteckte Haare vorne gesehen habe, und auf dem Weg zu den Kunsträumen bummle ich, um ihr nicht zu begegnen.

Ruth ist nicht dumm. Wenn man ein paar Monate mit einem Jungen zusammen war und er es nach zwei Wochen getrennt verbrachter Ferien nicht schafft, einen anzusprechen, dann muss etwas faul sein. Normal wäre doch gewesen, ihr um den Hals zu fallen, sich einen Kuss abzuholen, sich für vierzehn Tage nicht anrufen zu entschuldigen und für den Nachmittag zu verabreden.

Ich rechne Ruth allerdings hoch an, dass sie diese doofen Klischees nicht nachlebt. Was immer sie auch denken mag, die Tatsache, dass sie meine Verwirrung akzeptiert und mich nicht bedrängt, ist ein feiner Zug von ihr. Und verwirrt zu sein, habe ich allen Grund. Ich will mit Ruth Schluss machen, weil ich nicht mit ihr schlafen will. Und von Emily oder Susanne oder wer immer sie ist, fordere ich genau das. Das versuche ich mir zu erklären, während ich nach Hause fahre.

Ich biege in die Einfahrt und erstarre. Ruth sitzt, die Knie angezogen, den Rücken gegen eine Holzbohle gelehnt, am Carport.

»Arschloch«, sagt sie.

Ich weiß nicht, warum ich dachte, sie würde mich nicht zur Rede stellen. Nun habe ich keinen Vorwand, kein Fußballspiel, keinen Kunstraum, um mich dünne zu machen.

»Es ist auch nicht einfach für mich«, rede ich, als wär ich irgendein dämlicher Typ in einem Hollywood-Film.

»Was ist nicht einfach? Mich stehen zu lassen? Die halbe Schule hat sich schlapp gelacht über mich. Arschloch«, wiederholt sie. Jedenfalls scheint sie nicht traurig zu sein.

Ich lehne mein Rad gegen die Wand. Ruth ist das komplette Gegenteil von Emily. Vielleicht schien mir deren Gesicht auch nur so eben, weil Ruth so dermaßen voller Sommersprossen ist. Ruth sieht lustig und frech aus, ein bisschen Pippi Langstrumpf. Aber jetzt ist wohl grad nicht der richtige Moment für romantische Betrachtungen.

»Nein, äh, es ist nicht einfach … also …«

Sie blickt mich erwartungsvoll an, hilft mir aber kein Stück.

»Also Ruth, du bist echt ein tolles Mädchen. Und eine richtig gute Freundin. Und ...«

Ruth ist aufgestanden. Ich rieche ganz schwach ihr Deo. Eine Erinnerung an den Geruch von Emilys Haaren fliegt durch meinen Kopf.

»Du mich auch, Niklas«, sagt sie, schubst mich beiseite und rennt vom Grundstück. Ich höre, wie sich ihre Schritte die Straße hinab entfernen.

Ich weiß, wie bescheuert ich mich angehört haben muss. »Richtig gute Freundin.« Aber es hat gewirkt. Ich muss sie nur noch weglaufen lassen. Und dann ist es vorbei und ich habe das geschafft, worüber ich die ganzen Ferien nachgedacht hab, die ganzen Ferien, bis Emily aufkreuzte.

Aber während ich so dastehe und mir einzureden versuche, dass ich es genau auf diese Szene angelegt habe, merke ich, dass ich den Moment nicht genießen kann, dass ich verstört bin. Ich weiß nicht, ob es die Enttäuschung ist, dass ich nicht den Mut aufgebracht hab, richtig mit ihr Schluss zu machen, oder ob ich sie einfach nicht so traurig wegrennen lassen möchte. Jedenfalls schnappe ich mir mein Rad und rase hinter ihr her, auf der falschen Straßenseite, da der Bürgersteig links ist, und fast hätte mich ein Auto umgenietet, aber nach ein paar Pedaltritten habe ich sie eingeholt. Ich peile die Entfernung zu ihr, bremse so, dass ich kurz hinter ihr anhalte, wenn sie so weiterläuft. Aber sie läuft nicht weiter, als sie das Rad hinter sich auf Straße hört. Und als ich anhalte, stehe ich dicht vor ihr, zu dicht. Ruths Kopf schießt vor, trifft meinen Kopf und wir küssen uns. Das alles geht so schnell, dass ich es echt nicht verhindern kann. Ehrlich. Es ist allerdings auch gar nicht so schlimm, als dass man es verhindern muss. Ruths Küsse sind rauer und härter als die von Emily, aber sie fühlen sich gut und vertraut an. Ich umarme sie, sie mich. Und ich denke: »Emily kann ihr doofes Handy wiederhaben.«

‹ 9. Kapitel ›

Der Abend mit Ruth war zwar nicht ganz so spektakulär wie der mit Emily, aber er war schwer romantisch. Ruth steckte Kerzen an und Amy Winehouse schaute uns zu, wie wir uns küssten. Und als ich am nächsten Morgen am Frühstücktisch saß, konnte ich kaum essen, weil ich immerzu grinsen musste, als ich das neugierige Gesicht meiner Mutter sah.

Diesmal setzte ich mich in Deutsch gleich neben Ruth. Wir sprachen über *Aus dem Leben eines Taugenichts*. Das Buch ist voll die Schlaftablette, aber der Titel gefällt mir. Ich diskutierte mit. Ich tat so, als würde ich das Buch kennen, und redete über die Langeweile in Griechenland. Der Lehrer nickte bewundernd. Wie sehr ich mich doch einfühlen könne in diese Figur. Ich nickte ebenfalls. Wie einfach doch die Wirklichkeit zu täuschen ist. Oder liegt es daran, dass es gar keine Wirklichkeit gibt, sondern nur Interpretationen des eigenen Lebens? Mal passen sie überein, wie gestern Ruths und meine, mal nicht. Ich schaue aus dem Fenster, suche die Sonne, die gleiche, die über Griechenland scheint. Vor der Sonne steht ein Mensch, einsam auf dem Schulhof. Ich sehe seine

Haare schwarz im Licht gleißen. Ich kenne das Bild – es ist ja die gleiche Sonne, die über Griechenland scheint.
Emily.
Emily steht auf dem Schulhof.
Mein Herz setzt für einen Moment aus. Das Letzte, was ich zu ihr gesagt hab, ist, dass sie das Handy bekommt, wenn sie mit mir schläft. Aber das war vorgestern Abend, vor Ruth. Und jetzt ist sie tatsächlich gekommen. Ich fasse es kaum. Gekommen, um mit mir zu schlafen …

»Ich muss mal«, sage ich, warte keine Antwort ab und laufe aus der Klasse. Dass mir ein paar Worte, die wie »Dünnschiss« klingen, nachgerufen werden, muss ich in Kauf nehmen. Ich rase die Treppen hinab. Dann, als ich draußen bin, verharre ich. Wenn ich quer über den Schulhof renne, sieht mich die ganze Klasse durch das Fenster.
»Emily!«, rufe ich. Sie steht vielleicht 30 Meter entfernt, mustert die Schule. Sie scheint mich nicht zu hören.
»Susanne.«
Sie reagiert nicht. Ich ziehe mir einen Schuh aus und schmeiße ihn in ihre Richtung. Als er aufschlägt, schaut sie her, sieht den Schuh, sieht mich, hebt ihn auf, kommt zu mir rüber. Aber den Schuh lässt sie liegen, mitten auf dem Schulhof. Ich muss mich kon-

zentrieren, um halbwegs cool zu wirken. Am liebsten hätte ich ihr gesagt, sie soll aus meinem Leben verschwinden, ihr blödes Handy nehmen und mich in Ruhe lassen.
»So sieht man sich wieder«, sage ich. Ich bleibe in der Tür stehen.
»Glaubst du, wenn du mit Schuhen nach mir schmeißt, kriegst du mich ins Bett?«
Ich fasse es nicht. Sie ist tatsächlich hierhergekommen, um mit mir zu schlafen. Panik macht sich breit.
»Wie hast du die Schule gefunden?«
»Es gibt nicht so viele in deiner kleinen Stadt, an denen Griechisch unterrichtet wird.« Irgendwie ist es unvorstellbar, dass ich dieses Mädchen erst vor zwei Tagen geküsst habe. Es ist wie ein Traum, aus dem man erwacht ist.
»Wieso bist du mit diesem Typen zusammen?«, platze ich heraus.
»Das, Niklas, willst du nicht wissen.«
»Doch, genau das will ich wissen. Deshalb habe ich dich das gefragt.«
»Nick, du musst mir dieses verdammte Handy geben. Für ihn geht es um seine Familie. Er wird sich das Ding besorgen. Gib mir das Handy.«
Es steckt in der Seitentasche meiner Hose. Ich könnte das alles jetzt und hier beenden.
»Was krieg ich dafür?« Bin ich so bescheuert oder tu ich nur so? Ich weiß es nicht.

»Ich kann dir sagen, was du kriegst, wenn du es mir nicht gibst. Sie werden dich fertig machen.«
»Ich hab es nicht. In drei Stunden am Bahnhof«, sage ich.
»Nick.«
»Was?« Ich flitze los in Richtung Schuh. »Ich hab dich wirklich gern. Es hat mir wirklich was bedeutet. Es war schön. Und wenn du willst …« Sie ruft es mir halb hinterher. Bitte nicht weiterreden, denke ich, bücke mich und ziehe den Schuh wieder an.
»So, es war schön … Schön für euch!« Ruth steht hinter Emily. Ich würde am liebsten durch irgendeinen Gully in die Erde fallen.
Emily checkt die Situation. Wahrscheinlich ist sie darin geübt, unangenehme Situationen wie diese zu checken. Immerhin hat ihr Macker ja eine Familie.
»Ist das deine Freundin, von der du mir immer vorgeschwärmt hast?«, fragt Emily ohne mit der Wimper zu zucken.
»Äh, ja. Das ist Ruth.«
»Ruth – weißt du, ich war total in Nick verknallt. Aber er hat mich abgewiesen. Nicht mal baden wollte er mit mir. Er hat immer nur von dir geschwärmt.«
»Ah. Und was machst du jetzt hier?«, fragt Ruth, die Stimme kalt wie Eis.
Emily hat etwas zu dick aufgetragen, was meine Keuschheit angeht. Das hat Ruth nie gefressen. Im Leben nicht.

»Wir haben unsere Handys vertauscht.«
»Dann gib ihr doch ihr Handy.«
»Ich muss es holen.«
»Hier«, sagt Ruth und langt in die Seitentasche meiner Hose. Sie zieht das Handy raus und gibt es Emily. Emily grinst. Sie schüttelt den Kopf, so als wundere sie sich über nichts mehr.
Sie gibt mir meins zurück.
»Danke, Nick. Und viel Glück euch beiden!«, sagt sie. Dann wendet sie sich ab. Mit wippenden Schritten überquert sie den Schulhof. Ich weiß, dass meine Klasse ihr dabei genau zusieht. Auch Ruth blickt ihr nach.
»Warum wolltest du es ihr nicht geben? Warum schmeißt du mit deinem Schuh nach ihr? Warum warst du gestern so komisch? Hast du mit ihr geschlafen?«
»Nein«, sage ich. Aber es klingt krächzend und nicht ehrlich. Vermutlich, weil es nur halb ehrlich ist.
»Arschloch«, sagt Ruth. Und dann läuft sie Emily hinterher.

‹ 10. Kapitel ›

Ein bisschen kenn ich Ruth. Sie wird das nicht auf sich sitzen lassen. Sie wird Emily nicht ungeschoren davonkommen lassen. Sie wird sich ihr in den Weg stellen, sie an den Haaren reißen. Sie wird ihr makelloses Gesicht zerkratzen. Aber das wäre vielleicht nicht das Schlimmste. Das Schlimmste wäre, sie würde mit ihr reden. Ich weiß nicht, ob sie Emily glauben würde, dass wir nicht miteinander geschlafen haben, aber dass ich sie genau darum gebeten habe, das würde sie ihr sofort glauben. Und im Grunde habe ich sie ja gar nicht gebeten, sondern erpresst. Das dürfte die Sache noch schlimmer machen.

Kurz zögere ich, ob ich wie Ruth einfach die Schule schwänzen kann. Es ist ja Unterricht, meine Tasche steht im Klassenraum, ich hab mich nicht abgemeldet und nichts. Ich wäge ab, welcher Ärger der größere ist, der mit dem Klassenlehrer oder mit Ruth. Eigentlich keine schwere Entscheidung.

Ich laufe los.

Und während ich hinter den beiden Mädchen herhaste, verdrängt ein anderer Gedanke den an die Rüge oder den Ärger, der mich vom Klassenlehrer erwartet. Noch vor zwei Tagen war ich finster entschlossen, mit Ruth Schluss zu machen, weil ich in Griechenland eine unfassbare Frau kennengelernt habe. Und jetzt lauf ich mir die Lunge aus dem Leib, um zu verhindern, dass sie die Wahrheit über mein griechisches Doppelleben erfährt.

Unsere Schule liegt in einer Seitenstraße. Ich erreiche die Kreuzung, blicke nach links und rechts, sehe die beiden aber nicht. Ich muss mich entscheiden, sind sie nach links zum Bahnhof oder nach rechts in die Stadt gegangen?

»Entschuldigung?«, spricht mich eine Männerstimme an. Ich drehe mich um. Ein Typ mit Krawatte unter einer Jeansjacke steht vor mir. Er sieht unmöglich aus.

»Bist du Nick?«

Ich kenne ihn nicht. Solche Mode hätte ich mir gemerkt.

»Wieso?«, frage ich.

»Komm mit«, höre ich in dem Moment eine zweite Männerstimme in meinem Rücken. Ich drehe mich wieder um. Der andere trägt ein Jackett ohne Schlips, als hätten sie die Jacken vertauscht. Aber in meinem Kopf ist kein Platz für freche Gedanken.

»Was?«, frage ich.

»Rein!«, kommandiert der Jeansjackentyp und schubst mich, der andere zieht mich und ich stolpere in ein Auto, das neben mir auf dem Bordstein parkt, ein ziemlich fettes, schwarzes Nobelding. Ich weiß, dass ich schreien müsste. Aber meine Angst ist zu groß. Sie ist so groß, dass ich die ganze Situation nicht als wirklich erfasse. Ich weiß, dass ich entführt werde. Ich weiß, dass diese zwei Typen mich ermorden können oder vergewaltigen oder beides (hoffentlich dann in dieser Reihenfolge). Aber das führt nicht dazu, dass ich wild um mich schlage, sondern dass ich mich total aufgebe.

Der Jackett Typ wirft sich neben mich. Er verdreht mir den Arm auf den Rücken.

Das Auto braust los.

»Was? Wieso?«, frage ich.

»Hast du Schiss? Das hättest du dir vorher überlegen müssen.«

»Vorher?«

»Bevor du mit dem Teufel tanzt, solltest du wissen, dass es in der Hölle heiß ist.«

Ich checke langsam, was abgeht.

»Ihr wollt das Handy?«, frage ich.

»Schlaues Bürschchen.«

»Ich hab es nicht«, sage ich. Das ist die verdammte Wahrheit. Emily hat es.

Den Schlag sehe ich nicht kommen. Ansatzlos haut mir der Typ neben mir mit der Handrückseite ins Gesicht. Noch bevor es wehtut, schmecke ich den süßen Geschmack von Blut in meinem Mund. Emilys Kuss. Dass man zerstört, was man liebt. Dass das Leben ein einziger Widerspruch ist.

»Idiot«, sagt die Jeansjacke.

Die Lippe ist aufgeplatzt, nicht wie bei dem Kussbiss von Emily, sondern richtig wie eine Kirsche geplatzt. Blut kleckert auf mein T-Shirt, auf die Sitze.
»Fahr mal ran!«, sagt der Schläger neben mir. Was Jeansjacke sagt, macht mir wenig Mut.
»Kannst du nicht warten!«, poltert er.
Tatsächlich fahren sie ran. Wir sind hinter den Sportanlagen, gleich neben dem Friedhof. Und der Schlag hat meine Lähmung gelöst. Als sie mich jetzt aus dem Auto zerren, trete ich um mich und beiße dem Jacketträger in die Hand, so heftig, dass seine Fingerknochen unter meinen Zähnen knirschen. Er schreit auf. Erst als er mir seine Faust in den Bauch rammt und ich nach Luft japse, muss ich den Mund aufmachen.
»Du kleine Ratte!« Ich fange mir einen Tritt in den Rücken ein. Jetzt kann ich nicht mehr austeilen. Ich versuche mich zu schützen, hebe die Hände über den Kopf. Die nächsten Schläge prasseln auf meine Arme. Alles schmerzt und das Blut aus meiner Lippe spritzt alles voll. Ich werde umgeschubst, schlage, weil sie mir im Sturz die Beine wegziehen, mit der Brust voll auf.
»Erpressung, was?«, ruft einer. Und als hätten sie sich erinnert, warum sie hier sind, hören die Schläge plötzlich auf. Ich habe die Augen geschlossen, spüre aber, dass sie mich abtasten, mir in die Taschen fassen, das Handy herausziehen.

»Ach nee – du hast es nicht …«
Ein Tritt in meine Rippen.
Mein Mund ist in das Gras gepresst. Erde und Blut verschleimen miteinander. Ich kann nicht antworten. Will ich auch gar nicht. Ich will nur noch, dass sie verschwinden.

‹ 11. Kapitel ›

Das Gute ist: Sie haben mich nicht vergewaltigt.
Als sie das Handy hatten, sagten sie noch so Sachen wie »Das soll dir eine Lehre sein …« und »Mach das bloß nie wieder.« Dann fuhren sie los.
Ich liege auf dem Rücken und versuche, gleichzeitig Luft zu holen und nicht zu tief zu atmen, um die Schmerzen nicht zu verschlimmern. Ich taste meinen Brustkorb ab. Soweit ich fühlen kann, ist keine Rippe gebrochen. Allerdings fühle ich nicht besonders viel, denn meine Hände sind geschwollen und schmerzen. Durch ein paar Zweige sehe ich den Himmel, verziert mit ein paar Wolken. Ein wenig erinnert er an die griechische Fahne. Hätte ich meinen Körper schonen können, wenn ich ihnen gleich das Handy gegeben hätte? Inzwischen werden sie wissen, dass sie das falsche Ding erwischt haben. Vermutlich werden sie sofort umdrehen und zurückkommen …
Als ich das denke, gießt sich die Angst wie ein großer schwarzer See in meinen Kopf. Ich rolle zur Seite, falle in den Straßengraben, kraxle auf allen vieren auf der anderen Seite wieder hinauf und zwänge mich durch eine dornige Hecke und kniehohe Brennnesseln in Sichtschutz. Ich rolle einen kleinen Knick hinab, lande

auf Blumenkränzen mit kratzigem Laubgebinde. Unter mir liegt ein frisch zugeschüttetes Grab. Ich bin auf dem Friedhof. Aber ich lebe noch.

Tatsächlich höre ich von der Straße ein Auto kommen. Ich kann es nicht sehen. Ich will es auch gar nicht sehen. Ich zwinge mich zu stehen, ein paar Schritte zu gehen. Es geht. Mein Rücken schmerzt jetzt stärker als meine Arme, aber ich halte mich aufrecht, schlurfe entlang zwischen Grabsteinen und Friedhofsblumen, habe keine Augen für die Namen der Toten, sehe zu, dass ich Abstand zwischen mich und die Straße bringe.

Ich kenne den Friedhof. Im letzten Sommer gehörte es zu den Ritualen in meiner Klasse, regelmäßig auszuspähen, wo es ausgehobene Gräber gab und am Tag vor der Beerdigung den kommenden Toten kleine Beigaben in ihre Gräber zu werfen, Playboy-Ausgaben, Kondome, mal eine Zigarette oder einen Schluck Bier. Wir warfen stets ein paar Hände Erde über unsere Grabgaben. Wir wollten die Trauergemeinde ja nicht verärgern, wir wollten nur den Toten etwas Freude auf ihre letzte Reise mitgeben.

Der Ostgang des Friedhofs führt bis hinter die Kirche. Und die Kirche liegt neben der Hauptstraße, auf der mich die Typen aufgesammelt haben. Ich blicke mich um. Niemand zu sehen. Nur die Bäume rauschen verdächtig, als wollten sie mich warnen. Die Schläger müssten jetzt zurückgekommen sein. Sie werden nur blutige Erde finden. Sie werden mich suchen. Sie werden mich nicht finden. Und dann werden sie überlegen, wer das richtige Handy haben könnte. Und dann werden sie Emily suchen. Und sie werden Emily und Ruth zusammenschlagen, wie sie mich zusammengeschlagen haben. Und vielleicht würden sie sie vergewaltigen.

Ich bin vielleicht feige, ich bin nicht besonders verlässlich, ich krieg nicht die, die ich will und ich will nicht die, die ich hab – aber ich lasse niemanden ins offene Messer laufen. Nur weiß ich immer noch nicht, wo ich sie suchen soll. Ich entscheide mich für den Hauptbahnhof. Ich weiß nicht, wieso. Vielleicht weil wir *Aus dem Leben eines Taugenichts* gelesen haben und alle Geschichten mit einer Reise beginnen. Vielleicht weil ich Emily vorhin gesagt habe, dass wir uns am Hauptbahnhof treffen. Das war wie eine Verabredung.

Als ich die Hauptstraße entlanghumple, schauen sich die Leute nach mir um. In den Schaufenstern sehe ich eine zerbeulte, dreckige, mit Blut und Erde verschmierte Gestalt, der das T-Shirt zerrissen ist. Ich finde, dass ich eigentlich ganz cool aussehe. Und plötzlich, obwohl es völlig albern ist, freue ich mich, dass sie mich zusammengeschlagen haben. Irgendwie hat das die Schuld, die ich hatte, von mir genommen. Irgendwie müssen jetzt andere mit mir Mitleid haben. Auch die Mädchen.

Der Bahnhof liegt im Sonnenlicht. Seine neu renovierte Fassade glänzt fast weiß. Die Häuser auf den Hügeln in Santorin huschen an meinem inneren Auge vorbei. Es ist nur ein Moment. Der Moment, mit dem alles anfing. Die Buchhandlung unter der Rolltreppe – ob sie Sappho-Ausgaben haben? Ich fahre die Rolltreppe empor. Es tut gut, in die Luft gehoben zu werden und die Beine nicht zu bewegen. Ich muss mich konzentrieren, meinen Fuß über die Schwelle zu bekommen, ohne hinzufallen, als ich meine Hand von dem Rollband nehmen muss.

Jetzt sehe ich die Gleise und die Einkaufsstände auf dem Gang davor. Der Bahnhof ist nicht übertrieben voll. Aber er ist auch nicht so leer, dass ich Emily auf den ersten Blick finden könnte. Ich mustere die Passagiere, Geschäftsreisende, Mütter mit Kindern, Väter mit Kindern, eine Schulklasse. Ein Mädchen mit hochgesteckten Haaren. Ihre Frisur wippt beim Gehen. Es ist Ruth. Sie geht von mir weg, auf den anderen Ausgang des Bahnhofs zu. Ich rufe sie. Aber sie hört mich nicht. Wie sollte sie auch? Züge bremsen, eine Frau quasselt Verspätungen durch den Lautsprecher. Ich will loslaufen, halte aber inne. Ruth ist nicht in Gefahr. Die Kleiderschränke kennen sie gar nicht. Die einzige Gefahr ist, dass Ruth mit Emily über mich gesprochen hat. Aber das ist jetzt nicht das zentrale Problem.

Ich verfolge Ruths Richtung zurück. Wo ist sie hergekommen? Sie hat mich nicht überholt. Sie muss von einem Bahnsteig hochgefahren sein.

Auf Gleis 7 warten dicht gedrängt Passagiere auf einen Zug nach München. Das ist der einzige Bahnsteig, den ich nicht von hier oben übersehen kann.

Ein Polizist kommt auf mich zu. Kein Wunder, ich sehe aus wie ein zerlumpter Bettler. Jetzt muss ich mich erneut aufraffen.

Ich fahre die Rolltreppe zu Gleis 7 hinunter. Ich verschwinde in der Menschenmasse, drängle mich durch die Wartenden hindurch. Koffer, Rucksäcke, Aktentaschen, Rücken an Rücken stehen sie. Ich blicke mich um. Der Polizist ist weg. Aber ungefähr da, wo er eben stand, steht jetzt ein Typ in einer Jeansjacke und mit Schlips.

Ich ziehe meinen Kopf zwischen die Schultern und wühle mich tiefer in die Wartenden. Jetzt verlasse ich die Bahnhofsüberdachung auf der anderen Seite. Emily, ein Bein auf einer der Trittleisten vor diesen riesigen, roten Bahnfiguren, von denen kein Mensch weiß, wozu sie gut sind. Sie schaut in Richtung München, von wo der Zug erwartet wird. Aber in ihrem Blick steht eine blonde, mittelalte Frau. Emily hat ihr Handy in der Hand. Die Frau ihres. Ich kenne die Szene. So tauschen wir auf dem Schulhof Fotos. Über die Bluetoth-Schnittstelle, nur ein paar Sekunden pro Bild. Die blonde Frau schaut auf ihr Display. Sie lächelt ein faltiges Lächeln. Dann langt sie in ihre

Jackentasche und gibt Emily einen Briefumschlag. Emily schaut in den Briefumschlag, steckt einen Finger hinein, es sieht aus, als ob sie Geldscheine nachzählt. Dann steckt sie den Umschlag weg. Grußlos wendet sich die Frau ab. Sie geht ganz dicht an mir vorbei. Ich rieche ihr Parfüm, süßlich. Emily setzt sich auf die Trittleiste. Sie nimmt ihren Kopf zwischen die Arme. Es sicht aus, als ob sie weint.

‹ **12. Kapitel** ›

Ich sinke neben ihr auf die Trittleiste. Die rote Figur verdeckt uns.
Emily blickt auf. »Scheiße«, sagt sie.
»Was war das denn eben?«, frage ich.
Ihre Augen sind verschmiert. Sie hat tatsächlich geweint.
»Heulst du?«
»Nick …«
Sie wischt sich mit der Hand über das Gesicht und verschmiert den Kajal um ihre Augen noch mehr. Jetzt sieht sie aus, als hätte sie so ein Ninja-Band umgewickelt.
»Ich hab dich gewarnt. Aber du bist ja so ein Idiot.«
Das klingt jetzt nicht mehr traurig.
»Hör zu. Sie sind hier. Zwei Typen. Sie haben mir das Handy abgenommen. Aber sie werden gecheckt haben, dass es das falsche war. Sie suchen dich. Du bist in Gefahr. Jeansjacke und Jackett werden den Bahnhof absuchen und sie sind zu zweit. Viel Zeit bleibt uns nicht.«
»Bist du deshalb gekommen?«, fragt sie mich.
Was will sie hören? Eine Liebeserklärung oder was?
»Was hast du eben mit dieser blonden Schreckschrau-

be gemacht? Hast du Fotos verkauft?«, frage ich, um ihr bloß nicht zu sagen, dass sie mit verheulten Augen einfach wunderschön ist.

»Ich hab dir gesagt, dass du das nicht wissen willst.«

Ich verstehe langsam. Kein Wunder, dass sie geheult hat. Mir ist auch zum Heulen zumute.

»Bist du eine Hure?«, frage ich.

»Bitte …« Aber da, wo mein Herz war, ist ein einziges, großes Loch. Es ist mir egal, ob es ihr wehtut.

»Warum hast du dann nicht mit mir geschlafen, wenn du es mit allen machst?«

»Weil – das eben etwas anderes war. Weil es schön war. Ich bin keine Hure. Es ist schlimmer. Ich bin mit ihm zusammengewesen, um ihn zu fotografieren und die Fotos zu verkaufen. Ich nutze ihn aus. Ich bin eine Paparazza, die ihre Motive selbst besorgt, sozusagen.«

Ganz langsam, ganz zart wächst mein Herz nach.

»Dann machst du das, was ich ihm angedroht hab?«, frage ich.

»Das ist es ja gerade. Du hast ihm die Wahrheit verraten. Aus Versehen. Aber er konnte es sich zusammenreimen. Du hast genau ins Wespennest gestochen.«

Ich hole tief Luft. Zu tief. Der Schmerz lässt mich zusammenfahren. Ich verzieh das Gesicht.

»Wie viel hast du dafür bekommen?«

»Tut es sehr weh?«, sagt sie. Was denkt sie wohl, wie es aussieht.

»Wie viel?«

»Viertausend.«

Kein Wunder, dass sie sich solch ein Hotel leisten kann, kein Wunder, dass sie alleine reist. Und was hat sie gesagt? Ich küsse Jungs, die ich nicht kenne …

»Nicht schlecht.«

»Es tut mir echt leid, dass sie dich erwischt haben. Ehrlich. Ich hoffe, du verzeihst mir das irgendwann.«

Emily nickt vor sich hin.

»Ach – zwei Turteltauben … Aufstehen.« Sie haben uns gefunden. Ich stehe auf. Emily bleibt sitzen.

»Du kannst mich mal«, sagt sie.

Jeansjacke will ihr in ihre Haare greifen, aber sie schlägt seine Hand weg. Leute drehen sich um.

»Wo ist das verdammte Handy?«, fragt er.

Emily langt in ihre Jackentasche und zieht es raus.

»Her damit.«

Sie gibt es ihm. Er knöpft darauf herum, scheint die Bilder zu finden.

»Ihr seid solche Idioten. Es war nur ein Witz, weißt du. Er hat nur einen Scherz gemacht. Und ihr schlagt ihn zusammen, wie in einem amerikanischen Scheißfilm.«

Emily ist unfassbar. Kalt lügt sie diese beiden Typen an, erzählt ihnen hier was von Witz und dass ich die Bilder nie veröffentlichen wollte, während sie sie schon längst an ein buntes Blatt verhökert hat. Ich weiß, dass es unmoralisch ist, was sie tut, aber trotz-

dem freue ich mich in diesem Moment. Denn eiskalt wischt sie diesen beiden Schlägern eins aus. Und dem Schauspieler, der sie bestellt hat, erst recht. Ich konnte ihn eigentlich nie gut leiden, Brad Pitt, ja, ihn aber nicht.
Jeansjacke nimmt das Handy, wirft es auf den Boden und tritt mit der Hacke drauf. Das Display knackt, Kabel und Elektronik quellen aus seinen Gedärmen. Die Lautsprecherdurchsage kündigt die Ankunft des Zugs aus München an.
»Macht das nie wieder!«, drohen die beiden zum Abschied, dann sind sie weg.
Sie lassen das Handy auf dem Fußboden liegen.
Die Menschen geraten in Bewegung.
Emily dreht sich zu mir um. Sie nimmt meine Hände. Irgendwie vertraut, irgendwie wie am Strand von Santorin. Mein Herz wird wieder zu einem pulsierenden Muskel. Wärme strömt durch mich hindurch. Ich würde sie gern küssen.
»Du musst jetzt gehen«, sagt sie.
»Warum?«
»Ich muss arbeiten«, sagt sie. Sie lässt meine Hand los. Sie steht auf. Ich bleibe sitzen. Sie geht. Sie geht Richtung Rolltreppe. Der Zug fährt ein. Ich kann sie nicht mehr sehen. Bremsen quietschen. Menschen drängeln. Menschen fallen sich um den Hals. Ich stehe auf, wie betäubt und wanke hinter Emily her.
Ich sehe sie wieder.

Ein Mann tritt auf sie zu. Irgendwie kommt er mir bekannt vor. Er hat graue und gleichzeitig schwarze Haare, ein breites Kreuz. Er nimmt sie in den Arm. Emily schließt ihre Arme um ihn. Ich kenne ihn aus Griechenland. Es ist der Schriftsteller. Ihr nächstes Opfer.

‹ 13. Kapitel ›

Ich weiß immer noch nicht, wie sie heißt. Ich habe aufgehört, das herausfinden zu wollen. Es wäre Wahnsinn gewesen, sie weiter zu lieben. Vermutlich hat sie, schon während sie auf Santorin war, mit ihm etwas angefangen. Vermutlich war sie immer bei ihm, wenn ich sie nicht gefunden habe. Vielleicht hat sie ihn erwartet, als ich morgens in ihr Zimmer geplatzt kam. Aber ich bin ihr trotzdem nicht böse. Letztlich war sie fair zu mir. Ich mein, jeder muss irgendwie sein Geld verdienen. Und sie weiß wahrscheinlich selbst am besten, welchen Preis sie dafür bezahlt. Wenn ich an sie denke, sehe ich sie weinen.
Ich schaffte es, unbemerkt vom Bahnhof nach Hause zu kommen und mich durch die Küche und das Wohnzimmer zu schleichen, ohne dass meine Eltern es sahen. Dann duschte ich, pulte die Erde aus meinen Wunden, und erst als ich wieder einigermaßen zusammengeflickt war, hörte ich meine Mutter rufen, dass ich die Fußspuren auf dem Teppich gefälligst selbst wegschrubben sollte. Blut klebt verdammt fest im Gewebe, kann ich euch sagen. Als ich fertig war und den Lappen weghängte, hörte ich meine Mutter

schreien. Sie hatte mich gesehen, mit geschwollenem Auge und doppelt dicker Lippe.
»Was ist passiert?«
Ich winkte ab. Mütter, die zu *Green Day* Paartanz machen, werden es nicht verstehen. Sie werden sich an Äußerlichkeiten festbeißen, am Rauchen, an Erpressung, an Körperverletzung. Dass es darum geht, trotz des Schmerzes und des Blutes den Geschmack des Lebens zu spüren, das werden sie nicht kapieren. Was sage ich, »trotz des Blutes« – deswegen. Im Grunde war ich froh, wie alles gekommen war. Noch vier Tage länger langweiligen Urlaub hätte ich jedenfalls nicht ertragen.

Fair war auch, dass Emily Ruth nicht erzählt hat, was ich von ihr verlangt hab im Tausch für das Handy.
Was das coole Aussehen angeht, hatte ich recht. Ruth sah mich erst am nächsten Tag in der Schule wieder. Den Ärger, weil ich geschwänzt hatte, ertrug ich leicht. Was ist schon eine Rüge? Sie tut jedenfalls nicht weh.
Ruth aber setzte sich in der Pause neben mich und streichelte meine geschwollene Lippe und den Bluterguss über meinem Auge. Und meine Freunde fragten, was passiert sei, und ich sagte: »Zwei Typen in einer Luxuskarosse haben mich überfallen und zusammengeschlagen. Eine Frau hat einen Schauspieler aus Hollywood erpresst, den ihr alle kennt.« Sie

lachten, klopften mir auf die Schulter und meinten »Niklas, coole Geschichte …«

Nur Ruth erkannte, dass das die Wahrheit sein könnte.

»War sie auf Santorin auch schon mit diesem Schriftsteller zusammen?«, fragte sie.

»Woher weißt du das?«

»Hat sie mir erzählt. Und dass sie deshalb hierhergekommen ist …«

Emily ist eine Meisterin im Geschichten-Erfinden. Zwei lose Enden spinnt sie zu einem roten Faden. Dumm, wenn man selbst ein solches Ende ist. Aber irgendwie auch cool.

»Ich muss mir ein neues Handy kaufen«, sagte ich. »Willst du heute Nachmittag mit in die Stadt?«

»Vielleicht solltest du das Gleiche wie ich nehmen. Wenn du es vertauschst, dann wenigstens mit mir.«

Einsatz für Vera

Vera hat sich ihre ersten Einsätze beim Rettungsdienst anders vorgestellt. Koffertragen und Krankenwagendesinfizieren waren nicht die Gründe, weshalb sie ihre alten Freunde im Jugendtreff aufgegeben hat. Doch wenigstens kann sie nun Zeit mit Jan verbringen, ihrem heimlichen Schwarm. Und schließlich werden ihre Aufgaben auch anspruchsvoller: Ist die Suche nach einem abgetrennten Finger noch eher bizarr, stellt ein nächtlicher Unfall auf einer Landstraße Vera vor eine große Bewährungsprobe.

Ab 12 Jahren. 100 Seiten
ISBN 978-3-7941-7082-1

www.sauerlaender-jugendbuch.de

Der Retter in der Not

Eigentlich hat Tobias genug Probleme. Seine Freundin Lara liegt schwer krank im Krankenhaus, von der anstehenden Mathearbeit hängt endgültig seine Versetzung ab. Und dann trifft er plötzlich Henry. Wer ist dieser seltsame Junge, der wie vom Himmel gefallen am Strand liegt? Warum will er nicht, dass Tobias irgendjemandem von ihm erzählt? Und wieso behauptet er, er könne Tobias einen Wunsch erfüllen?

Ab 12 Jahren. 96 Seiten
ISBN 978-3-7941-7080-7

www.sauerlaender-jugendbuch.de